Arena-Taschenbuch
Band 50451

Von Ilona Einwohlt sind im Arena-Taschenbuch
in dieser Reihe erschienen:
Mein Pickel und ich (1) (Band 50443)
Die Schule und ich (2) (Band 50444)
Meine Clique und ich (5) (Band 50447)
Mein Schutzengel und ich (6) (Band 50448)

Die Schule und ich ist auch als Hörbuch bei Arena audio erschienen.

Weitere Titel von Ilona Einwohlt findest du hinten im Buch.

Ilona Einwohlt
schreibt mit viel Liebe, Witz und Leidenschaft erfolgreiche Bücher für Mädchen. Dass sie sich gerade in „Mädchensachen" bestens auskennt, hat sie unter anderem in ihren beliebten Ratgeberromanen bewiesen. Der Bestseller „Mein Pickel und ich" sowie die Folgebände sind inzwischen zur unverzichtbaren Lebenshilfe für Fragen in der Pubertät geworden. Ilona Einwohlt, geboren 1968, lebt mit ihrer Familie in der Nähe von Darmstadt.
Mehr unter www.ilonaeinwohlt.de

Die Liebe und ich

Ilona Einwohlt

Arena

Aus lauter Liebe für T.

Mit besonderem Dank für ihre fachliche Beratung an Kathrin Skoupil von pro familia Darmstadt und an Dr. Michael Koepe

FSC
www.fsc.org
MIX
Papier aus verantwortungsvollen Quellen
FSC® C110508

1. Auflage als Arena-Taschenbuch 2014

Einbandillustration: Constanze Guhr
Gesamtgestaltung und Umschlagtypografie: knaus. büro für konzeptionelle und visuelle identitäten, Würzburg
Gesamtherstellung: Westermann Druck Zwickau GmbH
ISSN 0518-4002
ISBN 978-3-401-50447-6

www.arena-verlag.de
Mitreden unter forum.arena-verlag.de

Inhalt

Erstes Kapitel, in dem Sina vor Liebe explodiert

Das Finger-Abc

Vor genau drei Stunden bin ich explodiert. Und jetzt weiß ich nicht, ob ich deswegen ein schlechtes Gewissen haben soll oder nicht. Vorhin beim Nachhausekommen hat mich Mama ganz komisch angeguckt, als ob sie mir angesehen hätte, dass da etwas Grandioses mit mir passiert ist. Seit ich mit Yannis zusammen bin, scannt sie mich immer von oben bis unten ausführlich, wenn ich zur Tür reinkomme – als würde sie jede meiner Körperzellen einzeln auf ihre Jungfräulichkeit hin prüfen. Yannis ist mein bester Freund und Kumpel, seit ich denken kann. Unser ganzes Leben lang wohnen wir in nachbarlicher Eintracht in dieser öden Reihenhaussiedlung, haben auf tausend Grillfeten seiner Eltern gemeinsam in der Hollywoodschaukel abgehangen. Aber seit genau zwei Jahren, zwei Monaten und zwei Tagen ist Yannis mein Freund. Erst habe ich das ja nicht gleich kapiert, eben weil wir immer nur Kumpels waren. Aber dann hatte er mir auf meiner Geburtstagsparty diesen gigantisch fetten Knutschfleck verpasst und seitdem ist

nichts mehr so, wie es einmal war: Ich, Sina Rosenmüller, mit den großen Füßen und ohne Pickel, total verliebt.
Meine Freundin Julia hatte natürlich längst vor mir geschnallt, was da zwischen uns los ist, und mir ständig ins Gewissen geredet, endlich zu meinen Gefühlen zu stehen.

Wenn die wüsste, welche Gefühle ich jetzt für Yannis habe!!! Ich bin sooo sehr in ihn verliiiiiebt!!!

Julia hat in Sachen Liebe viel mehr Übung als ich. Schließlich hat sie sich den süßesten Franzosen aller Zeiten zielsicher geangelt, der damals für ein Jahr bei uns in der Klasse war. Als er dann wieder zurück nach Frankreich ging, hat sie mit Tausenden von E-Mails und Fleurop-Sträußen „ihre Liebe aufrecht gehalten", wie sie mir immer wieder mit Tränen in den Augen erzählt hat, wenn Nicolas auf ihre ausführlichen Briefe nur mit einer HDL;)**-SMS reagiert hat. Inzwischen läuft ihre „Fernbeziehung" nicht mehr so gut, ich glaube, sie war schon mehrfach davor, mit ihm Schluss zu machen, aber scheinbar kommt sie von diesem Typ nicht los. Das kann ich gut verstehen, mit Yannis würde ich auch nicht einfach so Schluss machen, ich wage gar nicht mal, daran zu denken! Selbst wenn er in Australien leben würde, ich wäre wahrscheinlich genau so wie Julia verrückt vor Liebe und würde ihm ebenfalls lauter rosarote Liebesbriefe schreiben.

Verliebte Menschen befinden sich in einem hormonellen Glücksrausch, bei dem, das haben Wissenschaftler nachgewiesen, sprichwörtlich der Verstand ausgeknipst ist: Der Bereich im Gehirn, der für die Verarbeitung von negativen Emotionen verantwortlich ist, ist nicht aktiviert. Das erklärt, warum Liebe blind machen kann: Wenn wir verliebt sind, sehen wir eher mal über die Fehler unseres Partners hinweg und machen die unmöglichsten Dinge ...

Meine ex-beste Freundin Kleo dagegen sieht das völlig nüchtern, kein Wunder, sie hat sich ja auch sämtliche Gefühlsregungen aus ihrem Körper rausgehungert. Immer, wenn ich sie sehe, gibt es einen tiefen Stich in meinem Herzen, weil ich die lebensfrohe, wuschelig blond gelockte Kleo von früher nicht vergessen kann. Wie oft schon habe ich versucht, mit ihr über ihre Probleme zu sprechen, ich weiß ja, dass sie eigentlich ein prima Kerl ist und wie sehr sie unter ihrer durchgeknallten Mutter leidet.

Mal ehrlich, wer von uns tut das nicht?! Aber ist das ein Grund, magersüchtig zu werden? Nö!

Tatsache ist – ich komme einfach nicht mehr an sie heran. Ab und zu hat sie ein paar helle Momente und hängt mit uns gemeinsam in Antonios Eiscafé ab, dann ist es fast so wie früher, als wir noch die allerbesten Freundinnen waren und den ganzen Nachmittag miteinander rumgealbert und unseren Meerschweinchen Zöpfchen geflochten haben. Jetzt aber streift sie meistens mit ihrer Hoverwarth-Hündin Ambra alleine durch die Felder, und weil ich meine Zeit sowieso fast immer mit Yannis verbringe, bekomme ich nicht mehr so viel von ihr mit. Ein schlechtes Gewissen ihr gegenüber habe ich trotzdem.

Apropos Gewissen: Zurück zu diesem Nachmittag. Muss ich mich jetzt schämen oder nicht? Ich meine, ich bin gekommen, einfach so. Ohne dass Yannis es gemerkt hat, wie auch, ich habe ja selbst nicht ganz kapiert, was da gerade in meiner Unterhose abging. Dabei habe ich nur auf ihm gelegen und mich ein bisschen an seiner harten Jeans geschrubbelt ... Bisher habe ich dieses Explosions-Gefühl nur alleine erlebt, wenn ich mal mit der Dusche oder dem Kissen gespielt habe.

Selbstbefriedigung ist eine der besten Möglichkeiten, dich auszuprobieren. Macht jeder und jede, ohne großartig darüber zu sprechen, und du brauchst dich deswegen nicht zu schämen, es macht weder dumm noch Pickel, sondern einfach gute Laune. Andere sagen Onanieren, Masturbieren, Sich-einen-Runterholen oder Wichsen, gemeint ist in allen Fällen dasselbe: Du tust dir gut und streichelst dich selbst zum Höhepunkt, mit Dusche, Kissen oder Finger, erforschst deine erogenen Zonen und verschaffst dir ein entspanntes Körpergefühl. Dass du einen Höhepunkt, einen Orgasmus hast, merkst du an dem einzigartig tollen Gefühl. Und daran, dass du nicht mehr fragst: Hatte ich jetzt einen oder nicht?! Also, entdecke dich und deine Scheide in aller Ruhe, wenn du für dich alleine bist, streichele dich, genieße dich ...

Seufzend lasse ich mich auf mein Bett fallen, drücke den Touchscreen meines iPod. Mein Halbbruder Paul, der vor Jahren in eine Musiker-WG gezogen ist, promotet so eine Playlist zu einem romantischen Jugendbuch, die einfach genial ist und die ich natürlich längst auswendig mitsingen kann. Genau die richtige Musik für meine Stimmung an diesem Nachmittag.

Ob Yannis vorhin etwas mitbekommen hat? Immerhin bin ich danach ganz schnell verschwunden, weil ich erst mal alleine sein und meine Gefühle sortieren musste. Ich habe mich noch kurz verlegen in seine Arme gekuschelt, aber seine Streichelhände abgewehrt, die gerade dabei waren, die weiche Haut auf meinem Bauch zu erkunden. Plötzlich wollte ich nicht mehr von ihm gestreichelt werden.

„Hey, was ist denn los?", hat er verwundert in mein Ohr geflüstert. „Magst du das nicht?"

Doch, Yannis, das mag ich, habe ich gedacht, sehr sogar. Und als ob er meine Gedanken lesen könnte, hat er leise hinzugefügt: „Das ist so wunder-wunder-wunderschön mit dir, ich könnte stundenlang so liegen."

Dabei machen wir seit zwei Jahren, zwei Monaten und zwei Tagen nichts anderes, als nur stundenlang knutschend nebeneinanderzuliegen. Ehrlich. Seine Mutter Stefanie guckt immer ganz knittrig, wenn ich nach so einem Kuschel- und Knutschnachmittag mit verwuschelten Haaren die Treppe hinunterkomme und über den Gartenzaun auf unser Grundstück verschwinde. Wenn unsere Mütter wüssten, dass wir eigentlich ganz brav sind und ES noch gar nicht tun wollen, wären sie sicher nicht so zickig drauf. So aber muss ich mir von Mama ständig irgendwelche Sticheleien anhören von wegen „Geh mal lieber zu Dr. Gottstein" oder „Beim ersten Mal ist es nicht so schön". Neulich bin ich total ausgeflippt deswegen. Was geht die denn mein Sex- und Liebesleben an? Nur weil sie ihre Dessous bei *Patrizia* kauft, um es sich mit Papa „schön" zu machen, muss sie sich nicht gleich als Expertin aufspielen und mir reinquatschen. Und außerdem bin ich alt genug, ich weiß, was ich mache. Nämlich nichts, ich bin einfach noch nicht so weit.

Wobei, seit vorhin ... wenn das mit Yannis so explosiv schön sein kann, warum eigentlich nicht. Wie ist das für ihn? Wir sind jetzt schon so lange zusammen, aber wir haben noch nie richtig darüber gesprochen, immer nur geknutscht und ein bisschen rumgefummelt. Vielleicht sollte ich ihm das nächste Mal zeigen, wie erregend ich das alles mit ihm finde. Und nicht einfach abhauen.

Jugendliche tun ES in Deutschland im Durchschnitt mit 16,2 Jahren. Und viele lassen sich durch die Frage nach dem ersten Mal ganz schön unter Druck setzen. Das sollte es nicht. Zuerst: Relax! Du kannst dein ganzes Leben lang noch Geschlechtsverkehr haben, so oft und wann immer du Lust hast. Lerne für dich allein deine erogenen Zonen erst einmal richtig gut kennen, dann hast du garantiert mehr Spaß und Vergnügen, wenn du mit einem Jungen zusammen bist.

Erogene Zonen sind zum Beispiel deine Ohrläppchen, dein Mund, deine Halsbeuge. Deine Brüste und Brustwarzen, dein Bauchnabel und die Oberschenkelinnenseiten und Füße. Und natürlich deine Scheide, deine Schamlippen, deine Klitoris.

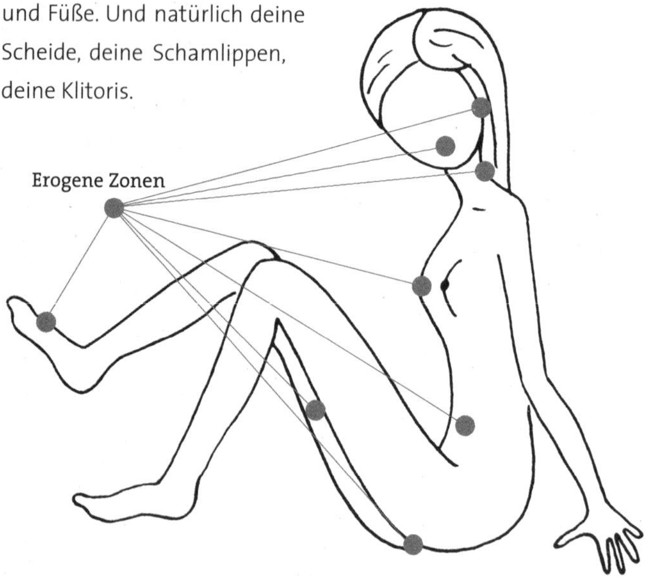

„Sina, Telefon für dich." Meine Mutter steht plötzlich mitten in meinem Zimmer und hält mir das Funkhandy hin. Stirnrunzelnd guckt sie mich an, wie ich schnell die Hände aus meiner Unterhose ziehe. Was kommt die auch einfach so in mein Zimmer!
„Hey, Milli", rufe ich extra laut und extra fröhlich, während ich die Tür hinter meiner Mutter zuknalle, „was geht ab?!"
Milli ist meine allerbeste Freundin. Mit ihrem Dauerfreund Marco hat sie leider in letzter Zeit ziemlichen Stress, weil der sich in den Kopf gesetzt hat, Medizin zu studieren. Und weil die Aufnahmebedingungen ziemlich hart sind, büffelt er die ganze

Zeit mehr für die Schule, als dass er seine Milli knutscht. Ich finde, sie soll sich nicht so haben, schließlich liebt er sie und steht fest zu ihr, das weiß ich, weil wir auch öfters mal zu viert unterwegs sind, Kino und so. Was das Knutschen betrifft, haben die beiden das zu Beginn ihrer Freundschaft so ausführlich immer und überall betrieben, dass es schon fast peinlich war. Also in der Beziehung können sie ruhig mal eine Pause einlegen. Aber Milli sieht das völlig anders. Während sie früher total natürlich und sportlich unterwegs war, beim Basketball, Reiten, Inlinern, verbringt sie jetzt die meiste Zeit damit, sich für Marco zurechtzustylen – sie ist da schlimmer geworden als Julia zu ihren besten Zeiten! Außerdem zergrübelt sie sich den Kopf: ob er genügend Abwechslung beim Lernen hat, was aus ihrer Beziehung wird, wenn er in einer anderen Stadt studiert, oder ob er womöglich eine andere hat. Das ist so ihr neuester Trip und ich ahne schon, dass sie mich deshalb anruft.

„Hey, Sina", ruft Milli aufgeregt durchs Telefon. „Rate mal, was ich herausgefunden habe!"

„Keine Ahnung, sag an", antworte ich betont ruhig, um sie zu ärgern. „Marco will unbedingt Frauenarzt werden!?"

„Du bist blöd", schmollt sie. „Nein, viel schlimmer!"

„Noch schlimmer?"

„Stell dir vor, er chattet mit älteren Frauen!", ruft sie und ihre Stimme überschlägt sich vor Empörung.

„Wie denn das? Ich meine, wie kommst du denn darauf?", will ich wissen. Das kann ich mir gar nicht vorstellen, Streber-Marco im Sex-Chat! Seit ich selbst unter *www.sinasblog.de* Online-Tagebuch schreibe, habe ich ja so meine Erfahrungen mit diesen perversen Kerlen, die sich scheinheilig unter irgendeinem

Lolita-Namen einloggen und so tun, als wären sie meine Freundinnen. Aber Marco? No way.
„Ich habe ihn erwischt", schnaubt Milli entrüstet. „Vorhin. Ich wollte ihn mit leckeren Aprikosenbaiser-Törtchen überraschen und da habe ich ihn dabei ertappt, wie er vorm Computer anstatt über seinen Hausaufgaben saß."
„Ja, und?", frage ich skeptisch. „Vielleicht hat er etwas gegoogelt!"
„Pah!", macht Milli. „Ich bin doch nicht blöd. Als er auf dem Klo war, habe ich kurz rumgeklickt. Und jetzt ...", sie kichert plötzlich los, „... weiß ich, was er will: Sex."

Selbst beim Frühstück am nächsten Morgen gehen mir Millis Worte nicht aus dem Kopf: SEX! Was hat Liebe denn mit Sex zu tun?

Sex (von lat. sexus = Geschlecht) meint die praktische Ausübung von Sexualität, also alles, was mit Befriedigung der Lust, Geschlechtsverkehr und sexuellen Handlungen zu tun hat. Manche behaupten, Sex ohne Liebe sei nicht möglich. Andere wieder meinen, dass man Sex auch ohne Liebe haben kann. Und vor allen Männer und Jungs kämen da schnell zur Sache ... Was denn nun? Manchmal tut es gut, einfach Kopf (natürlich nicht, was die Verhütung angeht – hier immer mit Köpfchen!) und Herz auszuschalten und sich einfach seiner Lust hinzugeben. Auf Dauer dürfen da natürlich romantische Gefühle dabei sein – und ganz bestimmt macht Sex mit einem Partner, den du von Herzen liebst, am meisten Spaß. Enttäuschung ist vorprogrammiert, wenn die Partner mit unterschiedlichen Gefühlen an die Sache rangehen. Der eine will nur spielen, der andere hat sich unsterblich verliebt ...

Milli will jetzt also Marco verführen und ihn „damit zurückerobern". Ich habe sie total angemacht deswegen. Erstens liebt Marco sie so, wie sie ist. Und zweitens muss sich Milli ihm zuliebe nicht verbiegen. Nur, um ihn nicht zu verlieren? Ich habe mich allerdings nicht getraut nachzufragen, was zwischen den beiden bisher so gelaufen ist. Dann hätte ich ja auch von mir und Yannis erzählen müssen. Und zugeben, dass wir bis jetzt immer nur wild, aber harmlos rumgeknutscht haben, mochte ich irgendwie nicht.

„Guten Morgen, Sina", begrüßt mich meine Mutter jetzt fröhlich. „Alles klar?"

„Mmmpf", mache ich, während ich mein Müsli auslöffele.

„Leon ist von Oma Doris abgeholt worden, sie wollen in den Zoo", meint Mama, während sie klappernd die Spülmaschine ausräumt. „Und was hast du heute vor, am ersten Tag deiner letzten Ferienwoche? Trefft ihr euch wie immer nachher im Schwimmbad? Das Wetter ist ja danach ..."

„Mmmpf." Etwas Besseres fällt mir nicht ein. Ewig nur Schwimmbad! Ferien sind einfach öde! Sonst waren wir – Mama, Papa, meiner kleiner Nervbruder Leon und ich – im Sommer immer an der Nordsee, aber dieses Jahr hat Papa so ein oberwichtiges Management-Projekt, da war es ihm unmöglich, frei zu machen. Und ohne Papa fährt Mama nirgendwohin. „Vielleicht gehe ich nachher ein bisschen in die Stadt, bummeln", meine ich, nachdem ich sämtliche Haferflocken mit einem kräftigen Schluck Orangensaft runtergespült habe. Milli hat mich nämlich gefragt, ob ich mit zu *Patrizia* in den Dessous-Laden komme. „Hast wohl im Lotto gewonnen", habe ich sie gefragt, dabei ist es ein offenes Geheimnis, dass die

Familie Kaiser in Geld nur so schwimmt. Also, ich kann mir keine Unterhosen in einem Edel-Wäschegeschäft leisten – und Mama würde mir was husten!
Doch bevor ich mich für die City zurechtstylen kann, ruft Yannis an. Ob ich mit ins Schwimmbad komme, will er wissen, er würde jetzt schon los. „Nein", höre ich mich sagen, „fahre ruhig schon mal, ich komme vielleicht später nach."
„Alles klar." Seine Stimme klingt ein bisschen enttäuscht. „Aber heute Abend kommst du doch, oder?"
Ach ja, stimmt ja! Heute steigt mal wieder eine von den legendären Grillfeten bei Dietrichs. Yannis' Mutter Stefanie liebt es, zu jeder Jahreszeit ausgeflippte Feste zu organisieren und für heute Abend hat sie das Thema „Paradies" ausgeben.
„Logisch", beeile ich mich zu sagen. „Deswegen muss ich auch noch mal in die Stadt, ich habe nämlich nichts anzuziehen ..."
„Logisch", kichert Yannis, „dann viel Spaß!" Und klick, schon ist er weg.
Wenn der wüsste! Milli hat sich total gefreut, dass ich mitkomme, und wenig später stehen wir vor dem Dessous-Laden und trauen uns nicht rein.

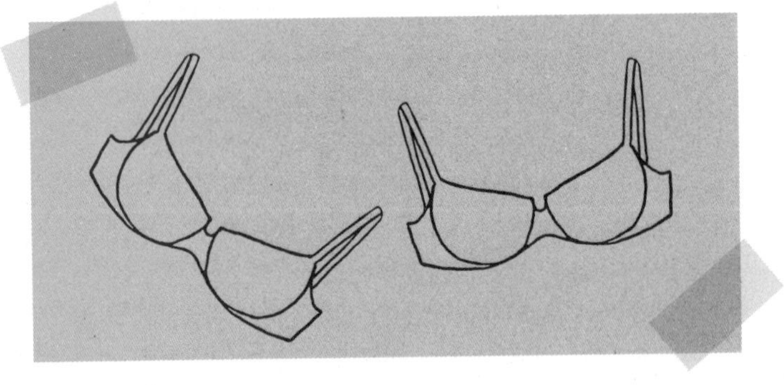

„Am Ende begegnen wir der Tuszynski“, unke ich. Unsere Klassenlehrerin ist für ihre gepflegte Erscheinung drunter und drüber bekannt. „Wollen wir nicht lieber zu H&M? Da fallen wir wenigstens nicht auf!“

„Ach komm, wir sind doch nur unter Frauen, das ist doch nichts Schlimmes“, meint Milli lapidar, aber ich sehe ihr an, dass auch sie ihren ganzen Mut zusammennehmen muss, um mich an der Hand in den Laden ziehen. „Und wenn du Spitze tragen willst, muss sie weich und edel sein.“

Seufzend folge ich meiner Freundin. Ich merke schon, sie hat sich mit dem Thema intensiv beschäftigt, wer hätte das von ihr gedacht? Milli steht sofort vor einem Ständer mit Dessous-Sets und befühlt mit prüfenden Fingern die weichen Stoffe.

Habe einen Flash-back: Ich stand
schon mal hier, damals mit Julia,
als sie sich ihren ersten BH kaufen wollte.

„Dir ist es wirklich ernst, oder?“ Ich schaue meiner Freundin fragend in die Augen. „Aber um mit ihm zu schlafen, brauchst du doch nicht solche Fummel!“ Höchstens einen Frauenarzt, füge ich in Gedanken noch hinzu.

„Du hast ja keine Ahnung“, flüstert sie zurück. „Marco steht auf so was.“

„Klar“, flüstere ich ebenso leise zurück. „Jeder Kerl steht auf schöne Wäsche. Aber du, stehst du auch drauf?“

Statt einer Antwort lässt mich Milli einfach stehen, nickt den beiden blondierten Verkäuferinnen zu und verschwindet dann mit einigen Wäscheteilen hinter einem rosa Vorhang.

Gelangweilt schiebe ich die Bügel von den Supersonderangeboten vor mir von rechts nach links, da fällt mein Blick auf einen weiß-lila changierenden Stringtanga mit Federbesatz. „Paradies" leuchtet es vor meinen Augen auf. Ohne weiter darüber nachzudenken, checke ich die Größe und bezahle an der Kasse einen paradiesischen Schnäppchen-Preis, bevor Milli etwas mitbekommt. Die steht plötzlich wie aus dem Nichts in einem Hauch aus Tüll, Rüschen, Blüten und Stickerei vor mir.
„Na, wie sehe ich aus?", fragt sie keck und schreitet lässig durch die Boutique.
„Wow", entfährt es mir und auch die beiden blondierten Verkäuferinnen werden blass vor Neid. Milli sieht einfach toll aus. Aber umso mehr empört es mich plötzlich, was sie da vorhat. Als ob sie so einen Langweiler wie Marco nötig hätte!
„Jetzt muss er mich einfach lieben", verkündet sie strahlend, während sie sich sexy durch ihre rote Mähne streift und vor dem Spiegel in Pose stellt.
Das macht sie nicht zum ersten Mal, schießt es mir durch den Kopf und ich überlege, ob Milli wohl heimlich Germany's next Topmodel werden will.
Ich trete hinter sie. „Marco liebt dich, so wie du bist", sage ich und drehe sie sanft zu mir um. „Hey, Süße, mach keinen Scheiß, mach nichts, was du am Ende bereust ..." Ich gucke ihr fest in die Augen, auf der Suche nach der selbstbewussten und starken Milli von früher, die sich nicht einfach einem Typen zuliebe aufgibt. Ein Fehler, denn prompt liegt sie heulend in meinen Armen.
„Aber ich liebe ihn doch so", schnieft sie. „Und wenn es das ist, was er sich am meisten wünscht, dann will ich ihm das geben!"
„Kein Thema", sage ich streng wie Heidi Klum und reiche ihr

ein Taschentuch. „... wenn du das auch willst!“, füge ich mit Nachdruck hinzu. „Aber dazu brauchst du nicht so einen sündhaft teuren Aufzug!“ Heimlich taste ich nach meinem Paradies-String, den ich in meine Rocktasche geknüllt habe.

ICH bin noch lange nicht so weit, mit Yannis zu schlafen, das weiß ich.

Die Party bei Dietrichs ist bereits in vollem Gange, als meine Mutter und ich endlich auftauchen. Erst kam Papa nicht pünktlich nach Hause und dann hat sich Leon dreimal hintereinander übergeben, kein Wunder, er war ja auch den ganzen brütend heißen Tag in der Sonne ohne Kappe unterwegs. Jetzt liegt er mit einem fetten Sonnenstich in unserem kühlen Partykeller. Papa passt auf ihn auf und Mama geht – entgegen ihrer sonstigen Mutti-Gewohnheiten – trotzdem zur Sommerparty. Ich glaube, das liegt an ihrem neuen apfelgrünen Flatterkleid, das sie Stefanie unbedingt vorführen will. Strahlend kostet sie nun gemeinsam mit Yannis' Papa Oliver von der Paradies-Bowle. Mir war der ganze Trouble um Leon ganz recht, da konnte meine neue Unterhose in Ruhe trocknen, ist doch logisch, dass ich die erst mal mit der Hand ausgewaschen habe.
Yannis begrüßt mich mit einem Nasenstüber, ihm ist das immer peinlich, wenn so viele Erwachsene drum rumstehen. „Hier, magst du?“, fragt er mich und hält mir seinen bunten Becher hin, in dem lauter Melonen- und Ananasstücke schwimmen.
„Ach nee, lass mal“, sage ich und angele mir lieber ein Glas Orangensaft vom Buffet. „Wie war's im Schwimmbad?“

Und während Yannis mir ausführlich von seinen Spring- und Tauchkapriolen erzählt, nicke ich Malte, der lässig am Grill steht, grinsend zu.
„Ist dein großer Bruder wieder mal solo?“, unterbreche ich Yannis. Malte ist der Womanizer schlechthin und hat ständig neue Freundinnen. Eine Zeit lang war er sogar mit Jolina aus meiner Klasse zusammen, aber heute Abend scheint er alleine hier zu sein.
„Keine Ahnung, das interessiert mich nicht“, meint Yannis und zieht mich jetzt zärtlich zu sich heran. „Ein hübsches Top hast du da an ...“ Vorsichtig streicht er über die dünnen Spaghetti-Träger. Ich kriege eine rote Birne, denn unter dieses enge Teil konnte ich unmöglich noch einen BH quetschen. „Komm“, sage ich verlegen, weil sofort mein ganzer Körper kribbelt, „wir gehen in die Hollywoodschaukel.“
Das ist nämlich unser Stammplatz. Auf jeder Stefanie-Fete hängen wir darin ab und lästern über die Erwachsenen, die, je nach Anlass mit Caipis, Bier, Prosecco oder Bowle abgefüllt durch die Gegend torkeln und sich oberpeinlich benehmen. Yannis folgt mir grinsend, angelt noch was vom Buffet und dann kuscheln wir uns zusammen in die Kissen.
„Weißt du eigentlich, dass ich dich ganz doll liebe?“, flüstere ich in sein Ohr. Yannis grinst nur zur Antwort und küsst mich, dass mir schwindelig wird. Abwechselnd füttern wir uns mit Melonen-Schiffchen, Saté-Spießchen und gebackenen Bananen, bis wir paradiesisch satt sind und genüsslich vor uns hin dösend in der Schaukel hängen.
„Wollen wir hoch?“, fragt Yannis nach einer Weile. Ohne eine Antwort abzuwarten, nimmt er mich einfach an die Hand und

zieht mich mit sich, die Treppe hinauf, in sein Zimmer. Dort lassen wir uns erst mal auf sein Bett sinken und knutschen los, was das Zeug hält. Irgendwann ziehe ich Yannis das Shirt über den Kopf, das geschieht einfach so, irgendwann fliegt mein Top hinterher, irgendwann liegen wir einfach nebeneinander und streicheln uns gegenseitig die warme Haut. Das haben wir schon mal gemacht, aber heute fährt Yannis' Hand sanft über meinen Bauch und rutscht zum Bund meiner Carhartt-Pants.

„Darf ich?“, fragen seine Augen, und als ich ihm zur Antwort einen Kuss gebe, knöpft er mir einfach die Hose auf. Vorsichtig zieht er sie von meinen Beinen und befummelt dann grinsend die Federn. „Du bist das Paradies“, flüstert er in mein Ohr, streift sich kurzerhand selbst die Jeans vom Leib und legt sich vorsichtig auf mich. Für eine Weile bleiben wir so liegen, aufeinander, übereinander, füreinander ... Ich spüre Yannis' Erregung durch unsere Unterhosen und bin selbst ganz kribbelig. Und dann küssen wir uns, bis uns die Puste ausgeht. Explosion die Zweite.

Petting ist spielerischer Sex ohne Geschlechtsverkehr. Oder anders: Wo vorher während des Knutschens nur die Hände waren, ist jetzt auch euer Mund, ihr erforscht mit allen Sinnen eure nackten Körper, kommt zum Orgasmus oder auch nicht. Ihr streichelt und küsst euch überall, Busen, Penis, Scheide ... Tut, was euch guttut! Wichtig: Du darfst „Stopp!“ sagen, wenn er dir zu weit geht und dich anfasst, wo und wie du es nicht möchtest. Und Vorsicht: Auch beim Petting musst du verhüten (ausführlicher dazu ab Seite 40).

Wir müssen eingedöst sein, denn als ich aufwache, ist es draußen stockfinster. Nur die Flackerlichter von Stefanies Öllampen leuchten durch Yannis' Fenster. Zärtlich küsse ich seine Wange. Oh Mann, ist das schön mit ihm! Seine kurzen Barthaare schubbern meine Lippen, vorsichtig taste ich mich hoch Richtung Ohrläppchen. Yannis grunzt und zieht mich mit einem Mal auf sich. „Hey“, sagt er leise, „das war schön.“

„Hey, ja“, antworte ich irritiert, weil mein Busen sich auf seine Brust quetscht, „... ich muss jetzt nach Hause ...“ Verlegen angele ich nach meinen Pants und ziehe sie über meinen Federtanga. Yannis guckt mir mit hinter dem Kopf verschränkten Armen verträumt zu, während ich mir mein Top überstreife und die Flipflops an die Füße ziehe. Er sieht total lässig und glücklich aus, wie er da so entspannt liegt, aber ich wage kaum, den Blick von seinem Gesicht zu lassen. Denn ein Stockwerk tiefer macht sich ein großer nasser Fleck auf seiner Shorts breit.

Sperma ist eine weiß-glibbrige Flüssigkeit, die beim Orgasmus (auch: sexuellen Höhepunkt) aus dem Penis spritzt. Man nennt dies „Samenerguss“, „Ejakulation“ oder umgangssprachlich „Kommen“, „Abspritzen“. Sieht oft nach viel aus, ist aber mengenmäßig höchstens ein Esslöffel voll. Es riecht (und schmeckt) bei jedem Jungen und Mann anders. Im Sperma sind Tausende von Samenzellen enthalten, die beim Zusammentreffen mit einer weiblichen Eizelle ein Baby entstehen lassen können. Davor solltest du dich in deinem Alter unbedingt schützen (über Verhütungsmethoden mehr ab Seite 40). Auch HIV wird durch Sperma übertragen, weshalb ein Kondom dich sicher davor schützt (über Aids mehr auf Seite 131).

„Kommst du morgen wieder?“, fragt er mich zum Abschied, als ich mich zu ihm runterbeuge und ihm einen Kuss gebe.
Aber logisch, denke ich grinsend, und mache, dass ich so schnell wie möglich an den rockenden Erwachsenen vorbei in unser Haus schleiche, wo ich mich glücklich in mein Bett plumpsen lasse.

Die restlichen Ferientage verbringen Yannis und ich wie einst Milli und Marco: Immer und überall knutschend und fummelnd unterwegs, ob auf der Schwimmbadwiese, in der Umkleidekabine, im Regen auf der Hollywoodschaukel, in seinem oder meinem Zimmer, während unsere Mütter Tupper-, Schmuck- oder Kerzenparty haben.

Das mit Yannis ist einfach granatenmäßig toll und ich hätte nie gedacht, dass ich all die prickelig-schönen Gefühle, die ich mit mir selber habe, auch mit einem Jungen erleben kann. Und es ist auch total aufregend, ihn zu streicheln und herauszufinden, auf was er so steht!

Von wegen Ferien sind langweilig! Ich denke nur an Yannis, Yannis, Yannis, nach zwei Jahren und zwei Monaten bin ich so verliebt in ihn wie noch nie. Ich würde gerne Milli davon erzählen und vor allem bin ich neugierig, ob Marco sich ihr gegenüber immer noch so verhalten verhält, aber Yannis hat mich für heute, an unserem letzten Ferientag, zu einem Bummel durch den Botanischen Garten überredet. Keine Ahnung, was er da will, wahrscheinlich hat er diesen Pflanzen- und Tierfimmel von seiner Mutter geerbt. Egal, Hauptsache, wir sind zusammen. Hand in Hand schlendern wir durch die Anlage, knutschen, bestaunen die *Stängellose Kratzdistel,* knutschen, wundern uns über das *Zottige Weidenröschen,* knutschen, knutschen, knutschen ... als es plötzlich aus heiterem Himmel kracht und donnert. Vor lauter Rumgeknutsche haben wir gar nicht bemerkt, dass ein Gewitter aufgezogen ist. Yannis und ich schaffen es gerade noch in die verfallene Laube neben der Flamingovoliere, als draußen ein Platzregen der Monsunklasse runtergeht.

„Komm!“ Yannis zieht mich zu sich auf den Schoß, während ich fasziniert auf die grazilen rosa Flamingos draußen im Regen starre. Und dann fühle ich Yannis' Küsse in meinem Nacken, küsse ihn zurück, streichele seine harte Jeans.

Bin ich jetzt pervers, weil ich Outdoor-Sex habe?

Aber wie Yannis nun verzückt die Augen schließt und mir ebenfalls zwischen die Beine greift, vergesse ich alles. Oh Mann, bin ich scharf! Ich sitze rittlings auf seinem Schoß und lobe mich heimlich dafür, dass ich vorhin extra noch meinen Lieblingsrock samt Paradiestanga angezogen habe. Verträumt blinzele ich an die Laubendecke, genieße Yannis' Streichelhände in meinem Rücken, da stöhnt Yannis unter mir so laut los, dass die Piepmätze in der Voliere nebenan erschrocken aufflattern.

Stöhnen vor Lust und Liebe ist kein Tabu, wenn dir danach ist: Tu es. Aus Rücksicht auf Nachbarn oder Eltern darfst du dich natürlich auch beherrschen ... Manche Frauen und Mädchen stöhnen laut los, um ihrem Partner einen Orgasmus vorzutäuschen, weil sie denken, das gehöre beim Sex einfach dazu. Das ist dämlich, weil sie sich so um das schönste Vergnügen bringen. Viel sinnvoller ist es, einfach mal seine Hand zu führen und ihm die Stellen zu zeigen, die dir *wirklich* Spaß machen. Garantiert geht er gerne auf Forscherreise ...

„Hey, kannst du nicht warten?", pflaume ich ihn an, plötzlich total ernüchtert. Wie peinlich, kann der nicht leiser sein? Verlegen rutsche ich von ihm runter, zupfe meinen Rock zurecht und trete vorsichtig an das Gitter.
„Pssst, ist ja gut", flüstere ich beruhigend auf die kreischenden Flamingos ein, die sich so gar nicht mehr einkriegen wollen. Was die gelangweilte Kassiererin vorne in ihrem Kabuff jetzt wohl von uns denkt? Yannis' Schrei war sicher durch den gesamten Botanischen Garten zu hören!
„Boah, Sina ..." Yannis steht hinter mir und haucht mir ein Küsschen in den Nacken, sodass ich prompt wieder eine Gänsehaut bekomme. „Das war ja so was von abgefahren ..." Er schiebt seine Hände über meine Brüste und lässt sie dann weiter runter in meinen Rockbund rutschen. Uiui.

„Hey, du kannst doch nicht ..." Ich kämpfe gegen das kribbelige Gefühl zwischen meinen Beinen an, aber wie Yannis jetzt zielsicher in meiner Unterhose nach meinem Perlchen sucht, habe ich überhaupt keine Chance mehr. Woher kennt er sich nur so gut aus, überlege ich, dann registriere ich mit halb geschlossenen Lidern, dass die Flamingos neugierig zu mir rüberschauen. Voll die Peepshow, fährt es mir durch den Kopf, die kennen das wohl schon. Dann fühle ich nur noch Yannis' Finger, der mich zärtlich und fordernd zugleich streichelt.

„Ich schreibe jetzt Yannis und Sina ...", haucht er in mein Ohr. Ich spüre seine Erregung, spüre die Zeichnungen seines Fingers. Y-A-N-N-I-S. Puh, mein Atem geht schneller, Boah ... S-I-N-AAAAHHH ...

Dein Perlchen, die Klitoris, ist für deine Lust verantwortlich: Auch wenn sie noch so klein scheint und nur ein Stückchen von ihr zu sehen ist, kann sie dir große Lust bereiten. Denn die Klitoris ist etwa elf Zentimeter lang, ihre Nervenenden reichen bis in tief in die Scheide und Innenschenkel hinein. Das erklärt, warum Frauen nicht nur punktuell erregbar sind, sondern ihr gesamter Unterleib bebt, wenn sie tollen Sex haben.

Pille, Preserl, Peinlichkeiten

Der Montag ist so wie immer nach den Sommerferien: total chaotisch. Neues Klassenzimmer, neue Sitzordnung, neuer Stundenplan. Die Tuszynski hat strahlend gute Laune, keine Ahnung, was die an einem Wochenpensum von 35 Schulstunden so toll findet. Und ich habe mich auch noch zusätzlich für die Mathe-AG gemeldet! Der Asselmeyer hat mich so lange bequatscht, bis ich schließlich eingewilligt habe, mittwochnachmittags jetzt immer zusätzlich zwei Stunden extra dazubleiben. Er hat sich in den Kopf gesetzt, dass wir bei „Jugend forscht" mitmachen und innovative Algorithmen für Computer-Chips entwickeln. Der Asselmeyer meinte, ich könnte im Bereich der Diskreten Mathematik bestimmt einen wertvollen Beitrag leisten. Bin mir nur nicht sicher, wie er das gemeint hat: weil ich wirklich ein Mathe-Genie bin oder um mal eben ganz diskret seine Frauenquote anzuheben?!

Logisch, dass ich mich geschmeichelt fühle!

Als einziges Mädchen zwischen zehn anderen Informatikfreaks bin ich natürlich die Prinzessin. Wenn die nur nicht so pickelig-strähnig wären, könnte die Zusammenarbeit am Chip-Design ja auch ganz nett sein, weil ich endlich mal mit Gleichgesinnten über mathematische Formeln diskutieren kann, ohne dass ich gleich augenrollende Blicke ernte.

Als ich in den Klassenraum komme, begrüßt mich Kleo strahlend mit einem Kuss, das hat sie seit etwa hundert Jahren nicht mehr gemacht. Sie ist zwar immer noch so flatterig dünn, aber ihre Augen strahlen. „Ich habe die ganzen Ferien durchgearbeitet", verkündet sie stolz. „Und nächstes Jahr beginne ich meine Ausbildung, dann kann ich endlich von zu Hause ausziehen!"
Typisch Kleo! Wenn die sich etwas in den Kopf gesetzt hat, ist sie nicht mehr davon abzubringen. Seit ihrem Schülerpraktikum bei BioNatura jobbt sie dort, wann immer es geht. Deswegen gebe ich auch hinsichtlich ihrer Essgewohnheiten die Hoffnung nicht auf, dass Kleo einigermaßen weiß, was sie da tut, immerhin hält sie seit ein paar Jahren ihr Minimal-Gewicht, ohne dass man sie in die Klinik einliefern muss wie andere Hungerkünstlerinnen. Und wenn sie ohne Abi glücklicher wird, auch gut, da hat sie zumindest weniger Stress mit diesem schrecklichen G8.
„Hey, Süße", freue ich mich und ziehe sie fest in meine Arme. Es tut so gut, Kleo endlich mal wieder zu drücken. Einen winzigen Moment lang fühlt es sich an wie früher, als wir noch die allerbesten Freundinnen waren. Aber sofort macht sich Kleo stockesteckesteif und schiebt mich weg.
„Und, was geht ab mit Yannis?", fragt sie und ich bin mir plötzlich nicht sicher, ob ich ihr davon erzählen will. Ich kann ihr

doch unmöglich von meinem gestrigen Erlebnis mit Yannis berichten, das würde sie doch gar nicht verkraften! Ich glaube, Kleo hat immer noch nicht ihre Tage (was bei ihrem Gewicht ja auch kein Wunder ist) und war noch nie verliebt.

Ob du deine Freundin in deine intimen Geheimnisse einweihst oder nicht, ist ganz allein deine Sache. Es gibt Dinge, die gehen Dritte einfach nichts an, die gehören nur ganz allein dir und sind dein persönlicher Erinnerungsschatz. Und dann gibt es andere Themen, bei denen es sich gut anfühlt, einfach mal darüber geredet zu haben, wie etwa Liebeskummer, Pickelsorgen oder wie das so mit deiner Periode abläuft.

Ich belagere trotzdem den Platz neben ihr und knuffe ihr zur Antwort neckisch in die Seite, soll sie sich doch ihren Teil denken, ich habe keine Lust, Jolina zu spielen, die jedem, ob er es hören will oder nicht, mit Details aus ihrer Unterhose zutextet. Julia ist da genauso: Sie liebt es ebenfalls, blumenreich und mit tausend Anspielungen von ihren Treffen mit Nicolas zu erzählen, dass es mir immer total peinlich ist. Milli hört jedes Mal atemlos zu, wahrscheinlich gleicht sie ständig ihre Beziehung mit Marco ab. Na, und Kleo hat diesbezüglich sowieso riesige Antennen, auch wenn sie immer so unschuldig tut.
Doch heute sieht Julia überhaupt nicht nach vielen Worten aus. Still und in sich gekehrt hat sie sich einen Platz zwischen Jolina und Yannis gesichert, was mir sofort einen fetten Eifersuchtsstich versetzt. Julia war mal unsterblich in Yannis verknallt (und er in sie, glaube ich), das war, bevor Nicolas Legrand ihr Freund wurde. Was ist, wenn zwischen den beiden jetzt

Schluss ist? Erinnert sie sich dann wieder an Yannis? Bevor ich weiter darüber nachgrübeln kann, pflanzt sich Milli neben mich. Sie duftet wie ein Sommertag persönlich. Ich habe keine Zeit nachzufragen, ob das zu ihrer neuen Marco-Strategie gehört, weil der Asselmeyer in seinen ollen Birkenstocks in den Klassenraum schlurft und uns ohne Vorwarnung mit Wahrscheinlichkeitsrechnung zulabert. Keine Ahnung von Baumdiagrammen, Produktregeln und Zufallsexperimenten, das checke ich sofort. Die Wahrscheinlichkeit, in der nächsten Mathearbeit ausnahmsweise mal keine Eins zu schreiben, hat sich ab sofort um n^{1000} erhöht.

In der Pause ist es dann auch so wie immer: Alle quatschen wild durcheinander. Jolina erzählt total begeistert von ihrem All-inclusive-Urlaub auf Mallorca, wo sie eine „geile Zeit" mit einem „geilen" Ferienflirt hatte, Kleo gibt Hundestorys zum Besten und Milli versucht die ganze Zeit, Marcos kompliziertes Gefühlsleben zu verteidigen.

> Das Wort „geil" hat seinen Ursprung im germanischen Sprachbereich in der Bedeutung von kraftvoll, üppig, fröhlich, lüstern, wurde aber auch im Zusammenhang mit gärendem (aufschäumendem) Bier verwendet. Im heutigen Sprachgebrauch steht es für erregt, brünstig, bei Pflanzen spricht man von „geilen" Trieben, wenn sie übermäßig wachsen. Unter Jugendlichen und seit Neustem auch in der Werbung steht geil heutzutage für toll, klasse, großartig.

„Weißt du, er braucht ein bisschen Zeit für sich", erklärt sie mir und schaut mich mit ihren großen runden Augen an. „Seinen

Freiraum." Sie nickt eifrig, als müsse sie sich das selbst bestätigen. „Aber ich bin bereit, ihm das zu geben."

Theorie 1: Jungs stecken meist in festen Muttihänden und schaffen es nur mühsam, sich von der ersten Frau in ihrem Leben, ihrer Mutter, zu trennen. Haben sie es dann mal geschafft, wollen sie sich so schnell nicht wieder fesseln lassen und leben ihre Freiräume aus, wie und wo immer sie können.
Theorie 2: Die meisten Jungs sind gerne mit Mädchen zusammen und lassen sich gerne von ihnen vereinnahmen – wenn sie sie lieben und es ernst meinen.
Theorie 3: Viele Mädchen neigen dazu, vor lauter Liebe ihren Freund zu bemuttern und damit einzuengen, weil sie sich nichts Schöneres vorstellen können, als Tag und Nacht mit ihm zusammen zu sein.

„Hey, komm, das ist nicht dein Ernst!", rutscht es mir raus und ich bereue es sofort, weil alle plötzlich verstummen und mich anstarren. Okay, Sina, denke ich, jetzt musst du da durch, aber es ist sowieso höchste Zeit, Milli endlich mal die Augen zu öffnen. „Hör mal, Süße ...", beginne ich zögernd.
Jolina nickt mir aufmunternd zu, als ob sie jetzt schon ganz meiner Meinung sei. „So geht das nicht. Entweder liebt er dich und will mit dir zusammen sein oder er liebt dich nicht, so einfach ist das."
„Ach ja? So einfach?" Milli blitzt mich mit tränenfunkelnden Augen an. „Kann ja nicht jeder so eine Scheiß-egal-Beziehung wie du mit Yannis haben."
„Äh, Moment mal ..." Höre ich da richtig? „Yannis ist mir alles andere als egal. Nur, weil wir nicht jeden Tag wie Kletten auf-

einanderhängen, heißt das noch lange nicht, dass wir uns nicht lieben." Wenn die wüsste, wie sehr wir in den letzten Tagen aufeinandergehangen haben!
„Komm, beruhig dich!" Ausgerechnet Kleo klopft mir beschwichtigend auf die Schulter. „Die Erfahrung muss sie eben selbst machen." Sie holt tief Luft und fügt dann noch hinzu: „Sina hat recht, Milli. Du machst dich zur vollkommenen Idiotin, wie du dem ständig hinterherläufst. Merkst du das denn gar nicht? Schau dich doch an, kein Wunder, dass er nichts mehr von dir wissen will!"
„Du musst es ja wissen", mischt sich Julia jetzt ein, die die ganze Zeit über schweigend dabeigestanden hat. „Du hattest ja schon jede Menge Freunde."
„Hatte ich nicht. Aber ich weiß, wie sich das anfühlt, wenn man nicht erwünscht ist." Sagt Kleo mit ruhiger Stimme, dreht sich auf ihren Sneakers um und verschwindet Richtung Turnhalle, wo sie sich garantiert den nächstbesten Basketball schnappt und wütende Körbe schmeißt.
„Lass gut sein", meint Milli zu Julia, „Sina braucht halt auch ihren Freiraum."
„So ein dämliches Gequatsche", empöre ich mich, komme aber nicht dazu, mich weiter über meine Freundinnen aufzuregen, weil Yannis mit einem Mal neben mir steht und anfängt, mich abzufummeln. „Hey, lass doch ...", wehre ich ihn verlegen ab. Was hat der denn plötzlich, bis jetzt war es ungeschriebenes Gesetz, dass wir in der Schule vor den anderen nicht rumknutschen.
„Sehen wir uns heute Nachmittag?", haucht er in mein Ohr, während er zärtlich an meiner Haarsträhne knabbert.
„Weiß noch nicht", wehre ich ihn ab. „Ich wollte eigentlich mit

meinen Freundinnen zu Antonio, Ferienende feiern!"
„Okay, dann sehen wir uns da!", meint er fröhlich. „Ich wollte nämlich was mit dir besprechen!" Und schon ist er wieder verschwunden. Moment mal, was hat der denn mit mir zu besprechen? Und außerdem wollte ich mal wieder mit meinen Mädels alleine sein, auch wenn sie gerade tierisch nerven! Allmählich dämmert mir, was Julia gemeint hat – und wie sich Marco fühlt.

Als wir dann am Nachmittag bei Antonio sitzen, rückt mir Yannis nicht von der Pelle und fummelt die ganze Zeit an mir herum. HILFE!!! Antonio junior aus unserer Klasse, den wir alle nur Softeis nennen, weil er immer so weinerlich drauf ist, muss heute aushelfen und serviert mir mit sichtbar schlechter Laune meinen Milchshake. Milli guckt ganz neidisch auf unsere händchenhaltenden Hände, weil Marco mal wieder keine Zeit und sich hinter seinem Computer vergraben hat. Julia ist total locker drauf: Sie hat sich von Nicolas getrennt. „Das machte für mich keinen Sinn mehr!", hat sie uns vorhin noch in der Pause erzählt. „Seine Unzuverlässigkeit hat mich echt angenervt. Das lass ich mir doch nicht gefallen!"

Typisch Julia! Erst schmeißt sie sich voll rein, und wenn es nicht nach ihrem Geschmack läuft, zieht sie sich wieder raus. Mit allen Konsequenzen. Hoffe nur, dass sie jetzt nicht wieder anfängt, Yannis anzubaggern, schließlich fand sie den mal toll.

Demonstrativ knutsche ich jetzt meinen Freund vor ihren Augen, eigentlich nur, damit Julia gleich weiß, dass sie ihre frenchmanikürten Finger von Yannis lassen soll, doch der

nutzt die Gelegenheit und zieht mich einfach mit sich nach draußen. „Ich will sowieso lieber mit dir alleine sein“, meint er, während er mich eng umschlungen Richtung Park führt.
Aber ich nicht, denke ich, ich möchte lieber mit meinen Freundinnen quatschen und sämtliche Missverständnisse aus der Welt räumen. Das mit heute Morgen in der Schule war nämlich nicht so geil. Widerstrebend folge ich ihm auf die Bank, wo er mich auf seinen Schoß zieht und sofort anfängt zu küssen.
„Hey, was ist denn los?“, fragt er mit keuchendem Atem.
„Nix ist los“, wehre ich ihn ab und rutsche von seinen Beinen. „Mir ist nur nicht danach.“
„Ich ... ist schon okay ...“ Sanft drückt er mich an sich. „Sorry. Dabei ist es nur ...“
„Was?“ Ich gucke ihm tief in die Augen, zähle seine unzähligen Sommersprossen und denke zum millionsten Mal, dass Yannis der umwerfendste süßeste Typ des Universums ist. Was habe ich für ein Glück! Vielleicht rutsche ich doch gleich wieder auf seinen Schoß ...
„Sina, ich ...“
Yannis stammelt sich heute aber einen ab, was hat der bloß?
„Ich ... Ich muss immer nur ... Hast du schon mal darüber nachgedacht, wie es wäre, ähm, also, wenn wir beide, ich meine ... du und ich, du weißt schon, also: Wenn wir zusammen ... äh ... schlafen würden?“ Er guckt mich lieb und erwartungsvoll unter seinem dunklen Pony heraus an.
Deswegen ist er so hibbelig und musste mich dringend sprechen! Als ob das nicht noch Zeit hätte ...
„Nein. Äh, ich meine: ja“, stammele ich heraus. Ehrliche Fragen verlangen eine ehrliche Antwort.

Natürlich habe ich schon darüber nachgedacht. Und gemerkt: Ich bin noch nicht so weit.

„Lass mir noch ein bisschen Zeit! Ich meine, das ist so plötzlich ..."

„Plötzlich? Du bist lustig! Wir sind seit über zwei Jahren zusammen, da wird es höchste Zeit!"

„Höchste Zeit?!" Empört springe ich auf. Was ist denn mit meinem Freund los, so kenne ich ihn ja gar nicht! „Nur weil ich gerne mit dir küsse und kuschele, heißt das noch lange nicht, dass ich mit dir schlafen will! Das ist mir einfach noch ein Schritt zu weit."

„Pssst", raunt Yannis, weil gerade eine alte Omi mit ihrem weißen Pudel vorbeihumpelt. „Ist ja schon gut. Aber ich dachte ... dir gefällt das doch auch, warum nicht? Natürlich müssen wir uns erst um Verhütung und so kümmern."

Und darum, dass uns deine liebe Mutter nicht stört, lieber Yannis. Beim letzten Mal kam sie wider Erwarten eine Stunde früher nach Hause und hat uns Schnittchen aufs Zimmer gebracht. Peinlich! Mein Shirt war total verrutscht und Yannis hatte seine Jeans nicht mehr an. Nicht auszudenken, wenn sie mich mit Yannis nackt im Bett erwischt hätte!

Wie sich im Weiteren herausstellt, ist Yannis der Meinung, dass *ich* mich um Verhütung kümmern sollte. „Das mit den Kondomen ist ein bisschen peinlich", gesteht er mir und wird rot dabei, „und wir kennen uns doch so gut ... außerdem: Woher soll ich denn Aids haben?" Er schaut mich treuherzig an.

Na toll, denke ich bissig, immer ist Verhütung Frauensache, da macht es sich der liebe Knabe aber ganz schön einfach. Außerdem ...

„Ich weiß noch nicht", höre ich mich sagen, „irgendwie fühle ich mich noch nicht danach."

„Komm schon", Yannis zieht mich wieder auf seinen Schoß, „wir lieben uns doch! Und so wie das mit uns beiden läuft ... Ich träume von nichts anderem mehr, als mit dir ..." Und der Kuss, den er mir daraufhin gibt, lässt keinen Zweifel daran, dass er es wirklich ernst meint.

Grübelei ohne Ende: Ist Yannis der Richtige fürs erste Mal? Bin ich wirklich schon so weit, mich entjungfern zu lassen? Warum ist das alles so kompliziert! Seit er mir vor einigen Wochen sozusagen einen Antrag gemacht hat, habe ich überhaupt keinen Spaß mehr, wenn wir zusammen auf seinem Bett rumfummeln. Immer habe ich das Gefühl, er wartet nur darauf, dass ich ihm endlich freie Bahn signalisiere und erzähle, dass ich beim Frauenarzt war. Dabei ist er nicht irgendwie ungeduldig oder blöd – im Gegenteil: Yannis gibt sich wirklich größte Mühe und verwöhnt mich, wo er nur kann. Es ist mir manchmal schon peinlich, wie sehr er sich um mich bemüht. Gleichzeitig scheint er natürlich auch zu erwarten, dass ich – wenn ich schon nicht mit ihm schlafe – ihn zumindest ebenfalls überall anfasse und lecke.

Wenn ihr gegenseitig euch an Penis und Scheide mit dem Mund bis zum Orgasmus verwöhnt, spricht man von **Oralsex.** Bei Mädchen heißt das **Cunnilingus:** „Cunnus" ist das lateinische Wort für

Vulva, „lingere“ bedeutet lecken, beides zusammen setzt deiner Fantasie keine Grenzen und solltest du am besten jemandem überlassen, dem du vertraust. Bei Jungs redet man von **Fellatio,** manche sagen „einen blasen“ oder nennen es „Blowjob“. Mit Mund, Zunge und Zähnen kannst du dann mit seinem Penis alles machen, was euch gefällt und einfällt: Küssen, Lutschen, Knabbern, Rubbeln, Saugen, Pusten ... Voraussetzung: Du hast Spaß dabei und er riecht lecker, sonst sage und zeige Nein, du hast das Recht dazu.

Außerdem bin ich von diesen ganzen Anspielungen auf mein Liebesleben voll angenervt. Meine Lieblingstante Irene hat mir ein rosarotes Liebeslexikon geschenkt, was zugegebenermaßen ziemlich cool ist. Mama hat es stirnrunzelnd geduldet, während Papa sich einen abgegrinst hat und Yannis bei der nächsten Grillfete zur Begrüßung extra heftig auf die Schulter klopfen musste. Und Onkel Ösi hat mir ins Ohr geraunt: „Preserl net vergessen“, als ich nach unserem gemeinsamen Erdbeertörtchen-Nachmittag noch mal mit Yannis ins Kino gegangen bin. Als ob man im Kino Sex hätte!

Als ich mit meinen Freundinnen wieder mal bei Antonio zusammensitze, um den Herbstanfang mit einem fetten Schokobecher zu feiern, traue ich mich endlich mal und frage rundheraus, ob eine von ihnen schon mal zur frauenärztlichen Untersuchung war.
„Hä, wieso denn das?", will Jolina wissen. „Du willst dir doch wohl nicht die Pille verschreiben lassen!"
„Logisch will ich das", höre ich mich ganz selbstbewusst sagen. „Ich will doch nicht schwanger werden!"

MAKING LOVE MAKES BABYS!!!

„Ja, ich war da", antwortet Milli schlicht, „ist nicht so prickelnd, aber immerhin habe ich jetzt die Gewissheit, dass mir im Falle eines Falles nichts passieren kann."
Ich fasse es nicht! Da zieht sich Marco mehr und mehr von ihr zurück und meine Freundin schluckt jeden Tag die Pille!
„Also, ich würde nicht einfach so irgendwelche Hormone in mich reinfressen", mischt sich Julia ein. „Für nichts und wieder nichts?!" Genüsslich schleckt sie dabei die Sahne vom Löffel. „Außerdem wird man nur dick davon."
Leiden jetzt alle meine Freundinnen unter Diät-Wahn? Milli hat trotz Pille eine astreine Figur.
„Dafür bekommt man keine Pickel mehr", meint Kleo, die noch nie welche hatte. „Ich finde das gut, wenn Sina Verantwortung für ihren Bauch übernimmt."
„Und was ist mit dem Kerl?", empört sich Julia. „Der soll gefälligst auch aufpassen, finde ich."

„Also, bei mir läuft ohne Kondom gar nichts“, nuschelt Jolina und krümelt dabei Waffelbrocken auf den Tisch.
„Klar“, antworte ich, „aber willst du dich nur darauf verlassen?“
„Warum denn nicht?“, sagt sie. „Das ist doch das Einfachste auf der Welt. Ding drüber und gut.“
„Aber *du* wirst schwanger, wenn was verrutscht oder er damit nicht klarkommt.“ Nee, auch wenn ich Yannis ansonsten hundertpro vertraue, in *dieser* Sache vertraue ich lieber nur mir selber.
„Ich kann dir ja meine Packung Schaumzäpfchen schenken“, grinst Julia, „ich brauche sie ja nicht mehr.“ Das sagt sie erstaunlich cool, obwohl sie die Sache mit Nicolas längst nicht so lässig weggesteckt hat, wie sie nach außen hin tut. Das weiß ich, weil wir neulich mal eine Pause lang nur über Nicolas und diesen ganzen Frankreichkram geredet haben. Und während ich gedankenverloren meinen Schokobecher auslöffele und Softeis-Antonio dabei beobachte, wie er langsam und besonders gründlich die Theke auswischt, höre ich meine Freundinnen über die verschiedenen Verhütungsmethoden diskutieren.

Dabei ist das erste Mal doch das wichtige Thema, nicht irgendwelche Pillen oder Zäpfchen. Ich meine: Ich finde das mit Yannis wunderbar und ich habe ihn sehr lieb und wir haben viel Spaß. Und seinen Penis mag ich auch. Aber dass er damit in mich eindringt? Das kann ich mir irgendwie noch gar nicht vorstellen. DARÜBER würde ich gerne sprechen. Aber ich trau mich nicht. Weil alle so tun, als ob es dazugehört und einfach sein MUSS. Ich fühle mich ganz schön unter Druck gesetzt ...

Kümmere dich bitte um eine passende **Verhütung,** bevor du zum ersten Mal mit deinem Freund schläfst. Denn es ist DEIN Bauch, DU musst verhüten. Natürlich ist es ebenfalls Jungenssache und natürlich muss auch dein Freund Verantwortung übernehmen, sprich mit ihm darüber (und frage ihn mal, wie es für ihn wäre, Teenie-Vater zu sein). Wenn er sich überhaupt nicht dafür interessiert, schicke ihn in die Wüste!
Welche Verhütungsform für dich passt, hängt davon ab, wie dein Liebesleben so ist und wie alt du bist: Mit einem festen Freund und kaum sexueller Erfahrung ist sicherlich die Pille eine gute Lösung; die Gefahr von Aids oder Geschlechtskrankheiten ist hier so gut wie nicht gegeben. Bist du da noch nicht so festgelegt und hast einen Partner, der mehr Erfahrung hat oder deutlich älter ist, solltest du zusätzlich auf ein Kondom bestehen, um dich vor Geschlechtskrankheiten und Aids zu schützen. Behalte das mit der Pille dann einfach für dich. Wenn ihr ein gutes und offenes Verhältnis habt, sprich mit deiner Mutter. Oder informiere dich beim Frauenarzt, in Büchern, im Internet oder bei Beratungsstellen darüber, welche Verhütungsmethode die beste für dich ist. Hier ein Überblick der gängigsten.

Pille: Hormontabletten zur täglichen(!) Einnahme – bei aller Kritik die sicherste Verhütungsmethode (wenn sie regelmäßig eingenommen wird). Sie enthält die künstlich hergestellten weiblichen Hormone Östrogen und Gestagen und wirkt in mehrfacher Hinsicht: Sie verhindert den Eisprung, die Schleimhaut der Gebärmutter wird je nach Pillentyp unterschiedlich stark aufgebaut – so könnte sich ein befruchtetes Ei schlecht einnisten. Und sie verfestigt den Schleim im Gebärmutterhals und macht ihn undurchlässig für Samenzellen. Außerdem wird die Pille gerne vom Frauenarzt

gegen massive Pickel, starke Blutungen und Regelschmerzen verschrieben. Bis zum Alter von 18 Jahren übernimmt deine Krankenkasse die kompletten Kosten für die Pille. Doch bei allen Vorteilen ist die Pille kein Rundum-sorglos-Paket, denn durch die regelmäßige Hormonzufuhr kann es zu Nebenwirkungen wie Kopfschmerzen, Brustspannungen, Gewichtszunahme oder Thrombosen kommen, vor allem, wenn du zudem Raucherin bist. Vielleicht nimmst du sie erst mal für ein paar Jahre und ersetzt sie später durch eine andere Verhütungsmethode. Ganz wichtig: *Die Pille schützt dich nicht vor Aids oder Geschlechtskrankheiten.*

Kondom: Gummiüberzug, der den Samen auffängt, damit er nicht in die Scheide gelangen kann. Das Kondom wird über den erigierten Penis gestreift, was vom Jungen etwas Übung erfordert, aber auch von dir erledigt werden kann. So wird euer Liebesspiel nicht peinlich unterbrochen, sondern erfährt einen zusätzlichen Kick. Nach dem Samenerguss muss das Glied sofort aus der Scheide gezogen werden, damit das Kondom nicht vom (erschlaffenden) Penis abrutscht. Hört sich etwas umständlich an, ist aber ganz normal und kein großer Akt. Richtig angewendet, bietet das Kondom einen zuverlässigen Verhütungsschutz – nicht nur vor einer Schwangerschaft, sondern auch vor Aids (s. Seite 131) und Geschlechtskrankheiten (S. 45).
Kondome gibt es in Drogerien, Apotheken und praktischerweise auch im Automaten auf öffentlichen Toiletten.
Gut zu wissen:

- Latexallergien sind eine blöde Ausrede – es gibt Kondome mittlerweile für Allergiker extra aus Kunststoff.
- Kondome können nur einmal benutzt werden!

- Wegen Abrutschgefahr sollte man sie nicht als einziges Verhütungsmittel einsetzen.
- Kondome gibt es in verschiedenen Größen, Farben, Formen, Geschmacksrichtungen und Spielvarianten. Nehmt, was euch gefällt, äh, schmeckt ...
- Achtung: Fetthaltige Cremes lösen Latex auf.

Verhütungsring: Hormonelle Verhütungsmethode, wirkt im Prinzip wie die Pille, nur musst du nicht täglich dran denken. Den flexiblen Ring führst du selbst wie einen Tampon tief in die Scheide ein und dort bleibt er drei Wochen. Durch kontinuierliche Hormonabgabe schützt er dich vor einer ungewollten Schwangerschaft. Es folgt, wie bei der Pille, ein einwöchiges Intervall ohne Ring, in dem es zur Regelblutung kommt. Danach wird der Ring wieder eingesetzt. Das **Verhütungspflaster** funktioniert nach dem gleichen Prinzip, nur ist es von außen sichtbar (die meisten Frauen tragen es in der Leistengegend).
Vorteil: Für Vergessliche sehr geeignet und für alle, die keine Pillen schlucken können. Die Hormone werden regelmäßig abgegeben. Außerdem übernimmt die Krankenkasse bei Jugendlichen bis 18 Jahren die Kosten.
Nachteil: Es kann zu Scheidenentzündungen bzw. Hautreizungen kommen. Außerdem kein Schutz für sexuell übertragbare Krankheiten.

Spirale: auch Intrauterinpessar genannt, ist ein 2,5–3,5 cm großes Gebilde aus Kunststoff mit Kupferdraht oder mit Hormonen und wird vom Frauenarzt in die Gebärmutter eingesetzt, was bei jungen Mädchen schmerzhaft sein kann. Die Spirale stört den Aufbau der Gebärmutterschleimhaut; ein Ei kann sich so nicht einnisten. Durch die Abgabe von Kupfer wird außerdem die Beweglichkeit der Samenzellen gebremst.

Vorteil: Sehr sichere Verhütungsmethode, du musst nicht täglich an die Einnahme denken (wie bei der Pille) und das Liebesspiel wird nicht unterbrochen (wie mit Kondom). Außerdem wird der Körper nicht mit Hormonen belastet.
Nachteil: Für junge Mädchen kaum zu empfehlen, kann zu Unterleibsentzündungen und schmerzhaften und starken Blutungen führen. Außerdem: kein Schutz gegen Aids und andere Geschlechtskrankheiten.

Diaphragma/Scheidenpessar: Eine Gummikappe, die du vor dem Geschlechtsverkehr in die Scheide einführst. Die Kappe verdeckt den Gebärmuttereingang und verhindert so das Eindringen der Samenzellen. Eine samenabtötende Creme verschafft zusätzliche Sicherheit.
Vorteil: Du spürst das Diaphragma kaum und es wird nicht in deinen Zyklus eingegriffen.
Nachteil: Ihr müsst rechtzeitig daran denken! Das Einsetzen verlangt Übung und ohne samenabtötende Creme ist es unsicher. Und: Kein Schutz gegen Aids und andere Geschlechtskrankheiten!

Portiokappe: Kappe aus Kunststoff, die ähnlich wie beim Diaphragma für einen Zyklus – allerdings nicht von dir selbst, sondern vom Frauenarzt – über den Muttermund gestülpt wird und das Eindringen von Samen verhindert.
Vorteil: Das Liebesspiel muss nicht unterbrochen werden; die Verhütung ist für den gesamten Zyklus sicher.
Nachteil: Du musst zum „An- und Ausziehen" während eines Zyklus zweimal zum Frauenarzt oder zur Beratungsstelle: Wenn du deine Tage bekommst und wenn sie vorbei sind.
Kein Schutz gegen Aids und andere Geschlechtskrankheiten.

Chemische Verhütungsmittel: Gel, Spray, Schaumzäpfchen oder Tabletten werden in die Scheide eingeführt und müssen bei jedem Geschlechtsverkehr neu angewendet werden. Die Mittel bilden in der Scheide einen zähen Schleim, der Samen abtötet und sein Eindringen in die Gebärmutter verhindert. Sie wirken nach zehn Minuten, schützen dich für eine gute Stunde und bieten zusammen mit einem Kondom (!) einen ziemlich sicheren Empfängnisschutz.
Vorteil: Du erhältst sie rezeptfrei in Apotheke und Drogerien.
Nachteil: Du musst sie rechtzeitig anwenden. Die Mittel können ein Brennen und Jucken in der Scheide oder am Penis verursachen und mitunter das Kondom kaputt machen. Kein Schutz gegen Aids und andere Geschlechtskrankheiten.

Natürliche Verhütungsmethoden: Durch Messen deiner Körpertemperatur oder Untersuchung des Schleims am Muttermund kannst du deine fruchtbaren Tage bestimmen. Das sind in der Regel drei Tage vor, während und kurz nach deinem Eisprung.
Vorteil: Du entwickelst ein gutes Körpergefühl und musst weder etwas Fremdes noch Chemisches in deinen Körper lassen.
Nachteil: Du brauchst eine geregelte Lebensweise und einen regelmäßigen(!) Zyklus – also für junge Mädchen absolut NICHT geeignet.

Coitus Interruptus (lat.: unterbrochener Geschlechtsakt): Darauf solltest du dich NIE!!! einlassen. Erstens ist es schwierig für den Mann, vor lauter Lust den richtigen Zeitpunkt einzuhalten, um den Penis noch vor dem Samenerguss aus der Scheide zu ziehen. Und zweitens können auch vor dem Samenerguss schon einzelne Spermien austreten. Ein einziges Spermium reicht, um schwanger zu werden!

Geschlechtskrankheiten: zum Beispiel Tripper (Gonorrhöe), Syphilis, Pilze, Trichomonaden (Parasiten), Genitalherpes, Chlamydien, Papillomviren (HPV), Hepatitis B und Condilomen (Feigwarzen). Rechtzeitig behandelt, lassen diese sich meist durch Medikamente in den Griff kriegen; gegen Hepatitis B und HPV kannst du dich impfen lassen. Bitte gehe rechtzeitig zum Frauenarzt, wenn du dir nicht sicher bist, ob du dir etwas eingefangen hast.

Fünf Tage später sitze ich dann doch bei Dr. Alicia Alizadeh im Wartezimmer. Alleine zwischen fünf unbekannten Frauen – halt, warte, dass ist doch meine gut duftende Drogeriefreundin, die mir da freundlich-verlegen zulächelt, oder? Zaghaft nicke ich zurück. Irgendwie konnte ich mir nicht vorstellen, Milli zum Händchenhalten mitzunehmen. Und Yannis schon mal gar nicht.

Mama hat erst riesigen Stress gemacht, von wegen ich sei ja noch viel zu jung dazu, mit meinem Freund zu schlafen, und überhaupt, aber dann konnte ich sie davon überzeugen, dass ich mit so gut wie sechzehn Jahren (in ein paar Tagen habe ich Geburtstag, hurra!) reif genug bin, meine eigenen Entscheidungen zu treffen, zumindest was meinen Körper angeht. Irgendwie war sie dann auch froh, dass Yannis es sein soll, und fand es sehr gut, dass ich so viel Verantwortung zeige. Sie hat mir auch empfohlen, zu einer richtigen Frauenärztin zu gehen.

„Mach mich bloß nicht zur Oma", hat sie scherzend gemeint und sich gleich ans Telefon gehängt, um mit Stefanie eine Wie-vermeide-ich-dass-sie-gemeinsam-übernachten-wollen-Strategie zu bequatschen.

Wenn unsere Mütter wüssten, dass wir sehr gut tagsüber rumschieben können! Ein bisschen den Rollladen runter, ein paar Kerzen ... da kann draußen auch die Sonne scheinen!

Ich bin ein bisschen aufgeregt, immerhin soll ich mich gleich auf so einen Stuhl legen und Frau Dr. Alizadeh in meine Scheide gucken lassen. Ich kenne sie ja gar nicht! Trotzdem immer noch besser als Dr. Gottstein, aber der ist ja auch kein Frauenarzt. Von Mama weiß ich, dass das alles ganz „normal" ist und auch nicht wehtut. Die hat gut reden, auch wenn Dr. Alizadeh jeden Tag hundert Muschis untersucht, ich mache das heute schließlich zum ersten Mal!

Ein Besuch beim Frauenarzt ist notwendig, wenn du starke Probleme mit deiner Periode, unerklärliche Beschwerden im Unterleib oder Fragen in Sachen Verhütung hast. Nur dein Frauenarzt kann dir die Pille verschreiben! Auch bei ungewöhnlichem Ausfluss aus der Scheide (brennend, riechend, juckend) solltest du deinen Frauenarzt aufsuchen. Geschlechtskrankheiten sind kein Tabu! Wenn du unsicher bist, gehe lieber einmal zu viel als einmal zu wenig. Riskiere nicht aus falschem Schamgefühl deine Gesundheit. Hier noch ein paar Tipps fürs „erste Mal":

- Entscheide, was für dich gut ist: Alleine hinzugehen, mit deiner Mutter oder mit deiner Freundin.
- Schreibe dir vorher ALLE Fragen auf, die du hast, damit du in der Aufregung nichts vergisst. Ein Zettel braucht dir nicht peinlich zu sein, im Gegenteil.
- Eine Dusche vorher macht dich unten rum frisch und sauber.
- Zieh zur Untersuchung einen Rock oder ein langes Hemd an,

dann fühlst du dich ohne Unterhose nicht so nackt.

- Ärzte unterliegen der Schweigepflicht, auch wenn du minderjährig bist. Deine Versicherungskarte brauchst du trotzdem. Deine Krankenkasse übernimmt bis zum Alter von 18 Jahren die kompletten Kosten für die Pille.
- Wenn dein(e) Ärztin/Arzt dich für reif genug hält, kann sie/er dir die Pille verschreiben, ohne deine Eltern zu informieren.
- Findest du den Arzt/die Ärztin blöd und fühlst du dich nicht wohl, suche dir jemand anderes.

Bevor ich weiter darüber nachgrübeln kann, öffnet sich die Tür – und wer kommt rein? Die Tuszynski. Braucht die etwa auch die Pille? An ihrer Seite, ich traue meinen Augen kaum, ist der Blumenstein, der smarteste Sport- und Geschichtslehrer unserer Schule! Verlegen rutsche ich in meinem Korbsessel ein Stück tiefer, doch der Tuszynski scheint unser unvermutetes Wiedersehen noch peinlicher zu sein als mir. Sie tut so, also ob sie mich nicht bemerken würde, und blättert demonstrativ lässig in einer Illustrierten. Und dann bin ich dran!

Frau Alizadeh begrüßt mich freundlich. Sie ist schmal und zierlich und trägt ihre langen schwarzen Haare offen. Zaghaft schaue ich mich um: Der sagenumwobene Untersuchungsstuhl ist nirgends in Sicht, uff, das ist ja schon mal ein gutes Zeichen. Überhaupt sieht ihr Sprechzimmer total cool aus. Blumenmuster dekorieren die Wand und auf ihrem Schreibtisch steht ein gigantischer blassrosa Rosenquarz.

„Na, was kann ich für dich tun?“, fragt sie freundlich, bedeutet mir, Platz zu nehmen, und schaut mich aufmunternd an. Dabei kann sie sich das sicher schon denken.

„Äh ... ja ...“, beginne ich stotternd. Himmel, was für eine Veranstaltung, nur weil ich mit meinem Freund sicheren Sex haben will?!
„Es braucht dir nicht peinlich zu sein“, unterbricht sie mich mit ihrer sanften Stimme. „Hier kommen täglich viele Frauen zu mir und sprechen über ihre Probleme.“
Sofort fühle ich mich besser. „Ich habe gar kein Problem“, sage ich und grinse. „Und will auch keine haben. Deswegen bin ich ja hier.“ Dann erzähle ich ihr, dass ich mit meinem Freund schlafen und deswegen die Pille nehmen möchte.
„Sehr vernünftig“, lobt sie, „ich empfehle allen jungen Mädchen die Pille. Lieber täglich Hormone nehmen, als eine Diskussion um eine ungewollte Schwangerschaft durchzumachen.“ Sie blickt mich wohlwollend an. „Aber das muss ich dir ja nicht erklären.“ Dann will sie noch wissen, seit wann ich meine Periode habe, ob ich unter Schmerzen leide und ob mein Zyklus bereits regelmäßig ist.

Dazu habe ich ja meinen Zykluskalender! Den führe ich, seit ich meine Periode zum ersten Mal bekommen habe.

Unter *www.sinasblog.de* kannst du dir deinen persönlichen Zykluskalender zum Eintragen downloaden.

Glücklicherweise hat mich Mama gut vorbereitet, deswegen kann ich ihre Fragen jetzt alle genau beantworten und mir ist schon viel weniger mulmig, weil ich mit ihr ganz normal sozusagen von Frau zu Frau quatschen kann.
„Na, dann schauen wir mal, ob alles in Ordnung ist, wovon ich ausgehe, aber ich muss das ja abklären, bevor ich dir die Pille

verschreibe", meint sie. Und als sie meinen skeptischen Blick bemerkt, fügt sie hinzu: „Keine Sorge, wir machen das gemeinsam. Ich erkläre dir, was ich tue, und du sagst mir, wie es für dich ist. Aber jetzt mach dich unten rum erst mal frei." Dr. Alizadeh deutet auf eine Kabinentür. „Ich hole dich dann in das Untersuchungszimmer."

Also verschwinde ich in der Umkleide und hocke kurz darauf auf dem Untersuchungsstuhl.

„Früher wurden die Frauen im Stehen untersucht", erklärt mir die Ärztin, während sie ihren Hocker heranschiebt und sich Gummihandschuhe überzieht. „Unter den vielen Röcken hindurch, das war noch viel unangenehmer und vor allem schmerzhaft für die Patientinnen, weil sie nicht entspannt waren. Wenn du hier deine Beine links und rechts in diese Schalen legst, bleibt deine Bauchmuskulatur schön locker und ich kann dich mit diesem Gerät hier ...", sie hält eine Art Entenschnabel hoch, „... untersuchen."

„Was, mit diesem Blechdings?", rutscht es mir erschrocken raus.

„Das Dings nennt sich Spekulum oder auch Scheidenspiegel und ist ein besonders kleines, extra für junge Mädchen", erklärt sie und drückt es mir einfach in die Hand. „Ich führe so eins gleich vorsichtig in deine Scheide ein, dann kann ich in deinen Gebärmutterhals gucken und den Muttermund betrachten. Wenn erwachsene Frauen zur Vorsorgeuntersuchung kommen, mache ich auch noch mit einem Wattestäbchen einen Abstrich. Da kann ich zum Beispiel Pilzinfektionen oder Krebszellen feststellen. Aber das brauchen wir bei dir ja nicht, du bist ja wegen etwas anderem da."

Scheidenspiegel?! Ganz ehrlich: Ich habe mich längst ausführlich mithilfe eines Spiegels bis in jede Falte hinein (so weit das möglich ist) angeguckt. Gehört ja schließlich zu mir! Und sieht immer noch besser aus als diese peinlichen Zeichnungen aus dem Biobuch!

Sie nickt mir aufmunternd zu und ich lege mich wie ein hypnotisiertes Kaninchen in den Stuhl zurück, spreize meine Beine mit akrobatischer Höchstleistung links und rechts auf die Schalen, während Frau Alizadeh jetzt ganz dicht auf ihrem Hocker zu mir heranrollt.

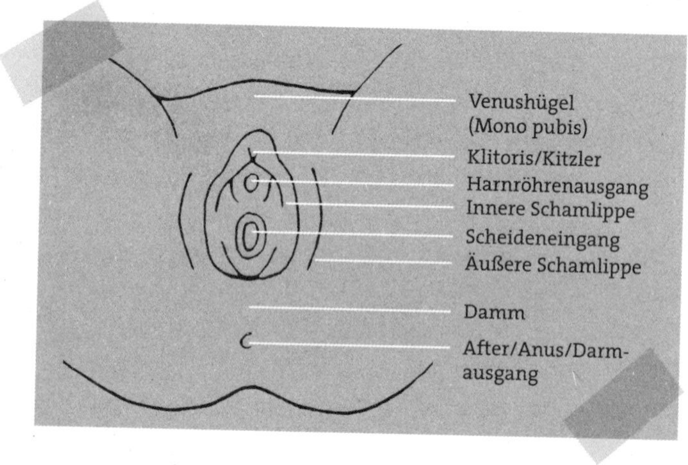

„Alles klar, Sina?“, lächelt sie mir zu. „Am besten atmest du ganz tief und entspannt. Schön locker bleiben, dann tut es nicht weh.“ Behutsam, aber zielsicher führt sie jetzt das Dings ein.

Hey, bin ich jetzt entjungfert oder was? Das soll doch Yannis machen!

Viele Kulturen und Religionen legen großen Wert auf die Jungfräulichkeit. In Amerika verpflichten sich zum Beispiel immer mehr Jugendliche, keinen Geschlechtsverkehr vor der Ehe zu haben. Stattdessen praktizieren sie Oral- und Analverkehr, leider ohne Kondom ... In der muslimischen Kultur wird der Jungfräulichkeit vor der Ehe ein so großer Stellenwert beigemessen, dass in seltenen Fällen Mädchen vom Gynäkologen sogar eine Hymenalrekonstruktion (Wiederverschließen des Jungfernhäutchens) durchführen lassen, wenn sie bereits Geschlechtsverkehr hatten und nicht mehr als Jungfrau in die Ehe gehen.

„Keine Sorge, deinem Jungfernhäutchen passiert nichts." Als ob sie Gedanken lesen könnte! Ich schnaufe etwas tiefer als sonst, aber sie hatte recht: Es fühlt sich etwas komisch und kalt an, tut aber nicht weh.

„Prima!", lobt sie mich. „Das machst du sehr gut!" Mit einem *Flutsch!* zieht sie das Spekulum wieder aus mir heraus und steht auf. „Okay, jetzt taste ich noch nach deinen Organen, ob die alle normal entwickelt sind." Und wie selbstverständlich führt sie einfach ihren Finger in meine Scheide, während ihre andere Hand auf meiner Bauchdecke herumtastet. „Da ist deine Blase ..." Klar, und ich muss jetzt gleich Pipi, denke ich, als sie darauf drückt.

„... deine Gebärmutter, da ist dein linker ... und da dein rechter Eierstock", macht sie weiter. „Super, alles gesund, alles okay! Jetzt schaue ich mir noch deinen Busen an, dann kannst du dich wieder anziehen und ins Sprechzimmer kommen." Sie grinst mich fröhlich an, zieht sich die Gummihandschuhe von den Fingern und wirft sie in den Alu-Klappeimer. Während ich mein Big-Shirt lupfe, befühlt sie mit geübten Griffen meine Brüste. Klar, sind die ordentlich entwickelt, denke ich, und muss bei dem Gedanken an meine einstigen Sina-Rosenmüller-Knospen grinsen.

Bei sehr jungen Patientinnen wird gerne auf die vaginale Untersuchung verzichtet und mit einem Ultraschallgerät durch die Bauchdecke hindurchgeschaut, ob Eierstöcke und Gebärmutter gesund sind.

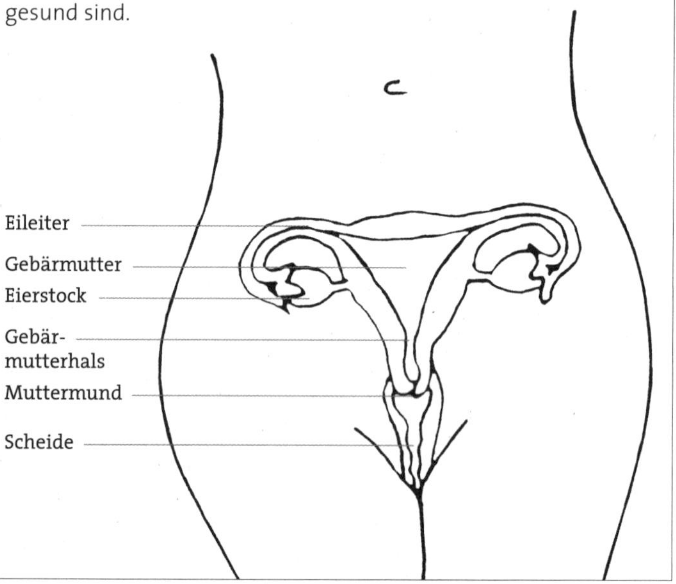

„Wunderbar", sagt Frau Alizadeh und nickt mir zu. „Das war's schon."

Wie, das war's schon? Ich tappe wieder in die Kabine zu meinen Klamotten. Als ich mich wieder vor ihren Schreibtisch setze, unterschreibt sie bereits das Rezept.

„Hier, Sina, ich glaube, mit dieser Pille bist du am besten beraten. Du nimmst sie mit Beginn der Regel drei Wochen lang, dann setzt du eine Woche aus. In dieser Zeit bekommst du dann deine Periode. Sieben Tage später beginnst du dann wieder mit der Einnahme und so weiter. Das Wichtige aber ist", sie schaut mich ernst an, „dass du sie regelmäßig nimmst und nicht vergisst. Ansonsten ist der ganze Verhütungsschutz dahin!"

Den meisten Mädchen wird eine sogenannte Mikropille verschrieben, die kaum Nebenwirkungen zeigt und für eine stabile, schwache Blutung sorgt. Für bestimmte Probleme wie heftige Regelschmerzen, Akne oder zu starke Blutungen gibt es bestimmte Pillenkonstruktionen, die individuell verschrieben werden können. Wichtig ist die regelmäßige Einnahme zu einer bestimmten Tageszeit. Achte auf die Packungsbeilage!

- Ob morgens oder abends, am besten koppelst du die Einnahme an eine weitere bestimmte Handlung, die du täglich ausführst wie Zähneputzen oder Frühstücken/Abendessen.
- Als Reminder helfen Blümchensticker am Spiegel, eine Figur auf deinem Nachttisch oder der Wecker im Handy.
- Solltest du die Pille einmal vergessen haben, nimm sie dann weiterhin ein; nur beachte, dass du in diesem Zyklus nicht mehr „sicher" bist.

Geschafft! Erleichtert schnappe ich meine Jacke vom Haken und mache, dass ich nach draußen komme. Im Weggehen kriege ich noch mit, wie die Tuszynski einen Becher Urin durch den Flur Richtung Labor trägt und ganz blass um die Nase ist. Draußen überlege ich, ob ich gleich Yannis anrufen soll, aber dann ist mir irgendwie danach, erst mal alleine eine Runde am Main entlangzuradeln. Bis ich wirklich „sicher“ bin, dauert es sowieso noch, weil ich erst am ersten Tag meiner Periode mit der Pilleneinnahme beginnen kann. Und außerdem muss ich das Rezept ja auch noch in der Apotheke einlösen. Bei dem Gedanken, es der alten, tugendhaften Frau Dingeldein unter die Nase zu halten, werde ich jetzt schon rot ... Aber zum Glück gibt's ja auch noch andere Apotheken. Froh und erleichtert steige ich auf mein Fahrrad und düse los. Fühlt sich irgendwie ganz gut an, dieses Frausein!

Die erste Antibabypille für Frauen kam am 18. August 1960 auf den amerikanischen Markt, in Deutschland kann man sie seit 1962 kaufen. Seitdem hat sich für Frauen vieles verändert: Sie werden nicht mehr ungewollt schwanger und können seitdem selbst bestimmen, wann und ob sie Kinder haben möchten. Und somit auch, wann und ob sie Sex haben möchten. Sie werden nicht automatisch Mutter und Hausfrau, sondern haben die Möglichkeit, jeden erdenklichen Berufsweg einzuschlagen. Das kleine runde Ding hat einen großen gesellschaftlichen Wandel und nicht zuletzt die Emanzipation der Frauen möglich gemacht.

Prima Premiere?!

Ich habe einen Fehler gemacht und Milli das mit der Pille am nächsten Tag in der Pause erzählt.

„Cool, da schenkst du dir dein erstes Mal sozusagen zu deinem Geburtstag!", hat sie quer über den Schulhof gerufen und sich vor lauter Begeisterung gar nicht mehr eingekriegt.

„Cool, du kannst es gleich in die Schülerzeitung veröffentlichen", habe ich sie angemacht. „Ich bin nicht so wie du!"

Woraufhin sie sich wortlos mit Tränen in den Augen umgedreht hat. Seit Wochen ist sie schon so heulerisch drauf, es wird höchste Zeit, dass Marco ihr endlich mal sagt, was Sache ist. Oder liegt es bei Milli an den Hormonen?

„Dabei mag ich sie wirklich sehr", hat Marco mir neulich gestanden, als ich ihn einfach mal darauf angesprochen habe. Er war bei Yannis zum Wii-Spielen, als ich dazukam. „Aber was sie da abzieht ..." Er hat eine Grimasse gezogen und den Kopf geschüttelt. „Als ob wir verheiratet wären! Und was für eine Szene, nur weil ich unseren Kennlerntag vergessen habe!"

Verliebt, verlobt, verheiratet – oder einfach nur der erste Freund, mit dem du eine „richtige“ Beziehung hast: Ihr seid ein Paar, das am liebsten von morgens bis abends zusammen sein möchte. Auch wenn die Liebe noch so groß ist: Manchmal tut zu viel Nähe einfach nicht gut. Es ist unklug und ungesund für die Beziehung, wenn ihr euch vor den anderen einigelt oder wenn ihr euch gegenseitig nicht zugesteht, eure alten Freunde und Freundinnen zu treffen. Nur weil du jetzt einen Freund hast, solltest du keinesfalls deine persönlichen Interessen und Vorlieben aufgeben. Und auch wenn du zu zweit bist, höre nie auf, dich selbst zu fühlen! Jede Freundschaft, jede Beziehung braucht Freiheit und Freiraum, sonst kann sie nicht bestehen.

Seufzend ziehe ich meine Ringelstrumpfhose hoch und checke mein Styling. Natürlich werde ich heute meinen Geburtstag mit Yannis ausgiebig feiern, aber auf meine Weise. Denn: Wieso soll ich *ihm* etwas schenken, *ich* werde sechzehn! Und deswegen gehen wir gleich auf ein Konzert. Paul hat mir zur Feier des Tages zwei Tickets für ein Rockkonzert im *Cielo* spendiert. Leider kann er nicht dabei sein, weil er auf irgend so einer Promotiontour ist. Mama war zunächst skeptisch, mich ohne Aufsicht ins *Cielo* zu lassen, von wegen K.-o.-Tropfen in der Cola und so, aber ich konnte sie davon überzeugen, dass ich deutlich älter bin als ihr kleiner Leon. Und schließlich ist Yannis ja auch dabei. Allerdings hat sie es sich nicht nehmen lassen, uns zum *Cielo* zu fahren, und ich hoffe inständig, sie lässt uns ohne Abschiedsküsschen fünf Ecken vorher raus.
„Wow, du riechst gut“, hat Yannis mir zur Begrüßung ins Ohr geflüstert. „Mein Geschenk bekommst du, wenn wir alleine sind!“

„Boah, noch so lang warten!“, schmolle ich und dann sitzen wir brav Händchen haltend auf der Rückbank, während Mama souverän durch die beleuchtete City steuert.

Yannis, puckert mein Herz, Yannis ist mein Freund und bald mein erster Mann. Ich spüre eine kribbelige Vorfreude und kann es kaum erwarten, mit ihm alleine zu sein.

Als wir vorm *Cielo* stehen, verkündet ein Zettel, dass das Konzert wegen Erkrankung des Gitarristen leider ausfällt. Pech! Dabei hatte ich mich so darauf gefreut. Nicht irgend so ein Babykram von Möchtegernemusikern, die nicht mal eine Gitarre richtig halten können und nur gut aussehen, sondern so eine richtige Rockband, die so kultig ist, dass sie keiner kennt. Also fahren wir betröpelt wieder nach Hause, wo Yannis ausnahmsweise noch mit auf mein Zimmer kommen darf, obwohl es schon nach neun ist.

„Aber vor Mitternacht bist du verschwunden“, blökt mein Vater, plötzlich nicht mehr ganz so kumpelhaft, in Richtung Yannis, weil er merkt: Da läuft was zwischen uns, das er nicht mehr steuern kann.

„Und bis dahin feiern wir deinen Geburtstag, all night long“, kichert Yannis, als wir in meinem Zimmer sind und er mich sofort neben sich aufs Bett zieht. Ich habe noch nicht einmal Zeit, Kerzen anzuzünden. „Hey, davon habe ich den ganzen Tag geträumt.“ Er küsst mich ausgiebig, dann fummelt er umständlich ein Kästchen aus seiner Hosentasche. „Mach mal die Augen zu.“ Ich höre es klacken und bin jetzt schon gerührt, weil mein Freund so unglaublich süß ist.

„Tataa, Augen auf!“ Ein schlichter Silberring mit einem blauen Stein steckt an meinem linken Ringfinger.

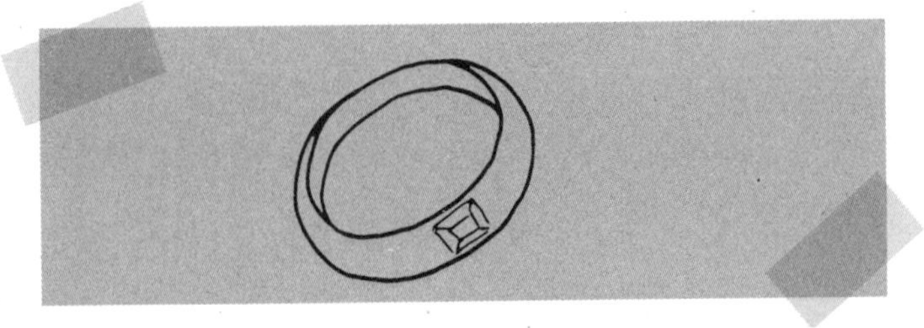

„Ich finde, er passt ausgezeichnet zu dir – so, wie du zu mir!“ Yannis schaut mich treuherzig an. „Oder?“

Der Ring ist ein Symbol der Unendlichkeit, der Verbundenheit, der Treue und dokumentiert zum Beispiel das Versprechen der ewigen Liebe bei der Hochzeit. Getragen an der linken Hand steht er in unserem Kulturkreis im Sinne von „Verlobung“, Liebe und Gefühl, weil die linke Seite die „Herzseite“ ist. An der rechten Seite bedeutet der Ring Treue und lebenslange Verbundenheit, weshalb zum Beispiel der Ehering rechts getragen wird.

„Oh Yannis! Der ist wunderschön, danke!“ Etwas Sinnvolleres bringe ich nicht heraus, das ist wohl auch kein Augenblick für intellektuelle Höhenflüge. Und dann fallen wir uns in die Arme, küssen und knutschen und fummeln und irgendwann sind wir nackt und liegen unter meiner Bettdecke. Ich spüre Yannis' Erregung an meinen Beinen, spüre, wie er sich jetzt auf mich legt.

„Hast du eigentlich …“, fragt er mich leise keuchend, während er mir lauter kleine Küsschen aufs Dekolleté haucht.

„Ja, habe ich“, antworte ich leise. „Aber ich habe mit der Einnahme noch nicht begonnen.“

„Mmmmh, schade, du fühlst dich so gut an ...“, macht er und stößelt ein wenig an mir herum.

„Hey, pass auf!“ Seufzend schiebe ich ihn von mir weg. Er guckt enttäuscht, flüstert mir dann aber frech ins Ohr: „Okay, dann machen wir das eben anders, ich muss ja schon mal üben und wissen, wo ich da überhaupt hinsoll.“ Und während er ganz dicht an mich gepresst neben mir liegt, spielt sein Finger an mir herum, streichelt mein Perlchen, alles fühlt sich weich und flutschig an, irgendwann ist sein Finger in mir.

An beiden Seiten des Scheideneinganges liegen Drüsen, die bei sexueller Erregung eine klare, dünne Flüssigkeit absondern, wodurch die Scheide gleitfähig wird und beim Geschlechtsverkehr der Penis leicht eindringen kann. Die Klitoris wird bei sexueller Erregung stärker durchblutet, vergrößert sich etwas und wird dadurch noch empfindsamer für Berührungen.

Vor lauter Lust bringe ich keinen Ton heraus, ich vergrabe mein Gesicht an seiner Schulter. Jaaa, genau so muss mein erstes Mal sein.

Love is like a ring and a ring has no end!

Seit ich Yannis an meinem Geburtstag verraten habe, dass wir nur noch warten müssen, bis meine nächste Periode startet, nervt er mich tierisch. Jeden Tag, wirklich JEDEN, fragt er mich nach dem Befund in meiner Unterhose. Und immer, wenn ich auf seinen fragenden Blick hin nur stumm den Kopf schüttele, verzieht er den Mund und wendet sich einfach ab. Der Idiot, was ist nur in den gefahren, diese Reaktion hätte ich ihm nie im Leben zugetraut!

Als ob er mir keinen Ring geschenkt hätte! Als ob es an
meinem Geburtstag nicht so superschön gewesen wäre!
Als ob wir beide nicht wie dafür gemacht wären, gemeinsam ...

Irgendwann im November ist es dann endlich so weit: Ich habe meine Tage und kann mit der Pilleneinnahme beginnen. Ab sofort bin ich „sicher“, wie mir die Frauenärztin versichert hat. Aber trotzdem steige ich nicht sofort mit Yannis in die Kiste, ich habe doch meine Tage!

Sex während der Periode ist aus medizinischer und hygienischer Sicht durchaus erlaubt, wenn es dir bzw. euch nicht unangenehm ist, was absolut legitim ist. Sag deinem Freund, was Sache ist, bevor ihr losfummelt, und leg dir sicherheitshalber ein Handtuch drunter. Verhüten müsst ihr aber trotzdem!

Jetzt, wo alles geregelt scheint, werde ich mit jedem Tag nervöser. Natürlich habe ich mir ausgemalt, wie es sein wird: Yannis und ich alleine zu Hause, Kerzenschein, leise Musik ... Doch erstens nervt er tierisch rum und zweitens haben wir uns vor lauter Schulstress und Mathe-AG kaum gesehen. Und wenn, waren wir nie alleine, weil unsere Mütter dafür gesorgt haben, dass wir nicht mehr ungestört in unseren Zimmern abhängen können.

Nachdem ich ein paar Nächte unruhig geschlafen und in mich hineingespürt habe, ob ich ES mit Yannis denn immer noch will, beschließe ich, ihm einen Brief zu schreiben. Genauer gesagt, bastele ich eine Einladung, weil ich weiß, dass meine Familie nächstes Wochenende bei Tante Irene und Onkel Ösi zum Martinsgansessen eingeladen ist. Und weil ich jetzt schon ahne, dass es mir an diesem Abend schrecklich übel gehen wird und ich leider, leider zu Hause bleiben muss, lade ich Yannis zu einem Candle-Light-Dinner ein. Yannis ist ganz aus dem Häuschen, weil er sofort schnallt, was Sache ist, und steckt mich mit seiner kribbeligen Vorfreude richtig an. Plötzlich ist es wieder so wie im Sommer, als wir stundenlang rumgeknutscht haben, wir sind so aufgeregt und ausgelassen, dass mir Jolina prompt frech ins Ohr raunt: „Na, habt ihr ES endlich getan?!", und mich Milli neidisch anguckt. Sie will sich übrigens von Marco trennen, hat sie mir erzählt, ihm vorher aber noch eine allerletzte Chance geben.

Mal ehrlich und unter uns: Ich glaube, der Gute hatte schon tausend allerletzte Chancen bei ihr, das Problem ist: Er will gar keine mehr.

Zum Glück nimmt mir Mama meine Show mit Bauchkrämpfen und Übelkeit ab. Ich habe der Blässe in meinem Gesicht mit Babypuder etwas nachgeholfen und mir mit dem Kajalstift dunkle Augenringe gemalt. Wie ich mich jetzt so im Spiegel betrachte, tue ich mir beinahe selbst leid.
„Komisch", meint sie, „normalerweise solltest du, nachdem du die Pille nimmst, keine Probleme mehr mit deiner Periode

haben." Trotzdem kocht sie noch schnell einen Himbeertee für mich und macht mir eine Wärmflasche. „Wenn was ist, rufst du an, okay?" Zärtlich streichelt sie mir über die Haare. „Manchmal ist es nicht so leicht, eine Frau zu sein, was?", fügt sie leise hinzu und ich bin mir nicht sicher, wie sie das meint. „Pass auf dich auf!" Ob sie doch etwas ahnt?
Ihre Worte gehen mir nicht aus dem Kopf, als ich mich sofort, nachdem der Family-Van abgedüst ist, unter die Dusche stelle. Logisch will ich mich für Yannis besonders schön machen! Ich habe auch extra meinen Feder-Tanga aus der Schublade hervorgekramt, den ich dort vor Mama versteckt hatte. Zur Feier des Tages leihe ich mir ihre Luxuskörpercreme, damit ich auch überall gut rieche. Komisch, wenn ich mich sonst für Yannis zurechtgemacht habe, habe ich nicht so viel Tütelü gebraucht.

Aber ich werde ja auch nicht alle Tage entjungfert, defloriert, zur Frau gemacht! Immerhin muss mich Yannis danach nicht gleich heiraten und Kranzgeld bezahlen. Echt, so einen Paragrafen gab es tatsächlich mal: Wenn ein Jüngling ein Mädchen entjungfert und damit entehrt, sie aber nicht geheiratet hat, musste er Strafe zahlen. Denn als Entjungferte durfte sie bei ihrer Hochzeit keinen Myrtenkranz mehr tragen, sondern bekam nur einen aus Stroh.

Der Scheideneingang ist vor dem ersten Geschlechtsverkehr durch das Jungfernhäutchen – auch Hymen genannt – teilweise verschlossen. Je nach Größe der Öffnung und der Beschaffenheit, reißt dieses Häutchen beim „ersten Mal" ein. Das kann im ersten Moment von dir als etwas schmerzhaft empfunden werden und ein bisschen bluten, muss aber nicht. Oft ist das Jungfernhäutchen bereits durch Sport oder leichte Verletzungen geschädigt. Außerdem stammt der Mythos vom blutigen Bettlaken noch aus der Zeit, in der junge Mädchen mit deutlich älteren Männern zwangsverheiratet und dadurch beim Geschlechtsverkehr verletzt wurden. Es ist also keinesfalls ein Hinweis darauf, dass das Mädchen schon Sex hatte, wenn es beim ersten Mal nicht blutet. Also: Es ist noch lange nicht gesagt, dass dir dein erstes Mal wehtun muss. Freu dich drauf. Alles, was zum ersten Mal geschieht, ist aufregend!

Und dann ist es so weit: Yannis klingelt und steht total unsicher in der Tür. Er riecht frisch rasiert und geduscht und weiß offensichtlich nicht, was er sagen soll. Vor lauter Verlegenheit werfe ich mich ihm erst mal einfach in die Arme, küsse ihn ausführlich.

„Hey", sagt er leise. „Ich bin total aufgeregt!"

Und wie er das so sagt, bin ich mir endgültig sicher, dass Yannis genau der Richtige für mich ist, auch wenn er mich bis vor Kurzem so genervt hat. Aber das kommt ja in den besten Beziehungen vor! Wir kennen uns einfach schon so lange und so gut, sind so vertraut miteinander ...

„Komm", sage ich ebenso leise. „Wir gehen hoch."

„Wow", entfährt es Yannis, als ich ihn in mein Zimmer schiebe. Dort flackert auf dem Boden nur mein rosa Sternenwindlicht neben einem silbernen Tablett mit Schokopralinen und zwei Piccolos. „Du hast echt an alles gedacht!"

Und weil auch er ganz bestimmt davon gehört hat, es beim ersten Mal erst mal langsam angehen zu lassen, setzt er sich einfach auf den Teppich, zieht mich zu sich und angelt nach den Fläschchen.

Kichernd verfolge ich seine Bewegungen, wie er beim Einschenken die Gläser überschäumen lässt; völlig albern prosten wir uns zu. Doch anstatt mir ein Küsschen oder auch zwei zu geben, sitzt Yannis einfach nur da, starrt in die Kerze und macht – gar nichts.

Hat der jetzt Schiss oder was? Dabei drängelt er doch seit Wochen ... Soll etwa ich jetzt die Initiative ergreifen? Also, wenn es nach mir ginge, können wir uns ruhig noch Zeit lassen ... Mama und Papa kommen erst in zwei Stunden.

Und dann geht plötzlich alles doch ganz schnell. Yannis guckt mich an und ich gucke Yannis an und dann liege ich mit einem Mal knutschend auf ihm. Yannis streift mir zärtlich erst meinen Pulli, dann meinen BH vom Körper, der beinahe an der Kerze Feuer fängt, als er ihn in die Ecke pfeffert. Kichernd löse ich seinen Gürtel, schiebe meine Hände unter sein Shirt und fühle die warme, vertraute Yannis-Haut. Irgendwann sind wir beide völlig nackt, da hebt mich Yannis einfach in seine Arme und trägt mich ins Bett.

„Willst du?“, fragt er sanft und ich flüstere ein leises Ja.

Es ist wie im Film, oder? Ja, ich will es endlich hinter mich bringen, diese ganze Aufregung, diese ganze Diskussion ums erste Mal. Doch plötzlich ist mir auch ein bisschen bibberig zumute. Meine ganze Erregung ist unten auf dem Teppich geblieben.

Yannis' Hände streicheln mich überall, doch ich bin nicht mehr bei der Sache. Tausend Dinge gehen mir plötzlich durch den Kopf: Ich berechne die Wahrscheinlichkeit, trotz Pille vielleicht gleich doch schwanger zu werden, ich bedauere Milli, die wohl auf Marco wartet, bis sie Spinnenweben zwischen den Beinen hat, ich denke an Oma Doris, die damals erst in der Hochzeitsnacht Opa Dieter nackt gesehen hat.

Denke an Jolina, deren erstes Mal total daneben war, weil der Typ sofort gekommen ist, kaum, dass er in ihr war.

Yannis ist total erregt, er legt sich jetzt langsam auf mich und versucht, vorsichtig in mich einzudringen. „Das ist so schön, Sina ...", seufzt er glücklich. „Ich habe so lange darauf gewartet, weißt du? ... Du sagst, wenn ich dir wehtue, okay? Das will ich nämlich nicht!"

Ich nicke nur und bewege mich zaghaft, ein wenig sollte ich ihm wohl mein Becken entgegenstrecken, oder? Ich spüre, wie er ein Stück tiefer in mich reinrutscht, und gucke ihn mit erschrockenen Augen an.

„Soll ich aufhören?" Yannis küsst mich zärtlich auf die Nase.

Wow, was habe ich für ein Glück, denke ich, ich habe einfach den weltbesten Freund. So lieb, so rücksichtsvoll. Nicht wie bei Jolinas zweitem Mal, als der Typ einfach weitergemacht hat, obwohl sie gar nicht mehr wollte.

Trotzdem kann ich mich nicht entspannen und es schon gar nicht genießen, was er da gerade macht, denn er versucht, noch ein Stück tiefer in mich einzudringen, was sich nicht gerade prickelnd anfühlt. Wir versuchen es noch ein paarmal, aber Yannis kommt einfach nicht tiefer in mich hinein, es ist halt irgendwie kein schönes Gefühl. Irgendwann rutscht er enttäuscht von mir runter, seine Erregung hat mittlerweile deutlich nachgelassen.

Wie bei Jolinas drittem Mal, als der Kerl mit dem Kondom nicht klarkam.

„Sorry", flüstere ich und streichele zärtlich über seine Brust, „das ist halt nicht so einfach."
„Schon okay", meint er, aber ich merke ihm an, dass es alles andere als in Ordnung ist. „Malte hat mir schon gesagt, dass es für euch Mädchen beim ersten Mal nicht so schön ist. Aber dass da so gar nichts läuft ... Sonst hattest du doch auch keine Probleme." Er verzieht das Gesicht und kann mich noch nicht mal richtig in die Arme nehmen.

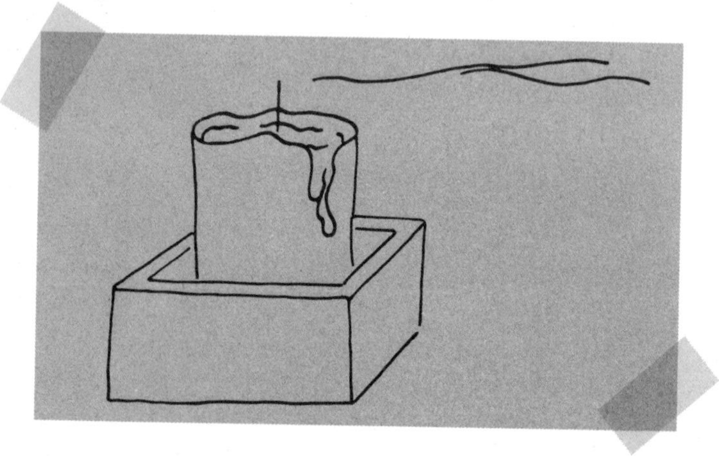

„Malte muss es ja wissen!“, rutscht es mir raus. Jetzt ist mir die Lust endgültig vergangen. Was geht diesem dämlichen Malte mein Sexleben an! „Komm, wir müssen uns anziehen, meine Eltern kommen gleich.“ Das ist zwar glatt gelogen, aber ich möchte nach dieser misslungenen Premiere lieber alleine sein. Ohne weiter darüber zu sprechen, sammeln wir unsere Klamotten auf. Jeder für sich. Zum Abschied versuche ich, Yannis noch einmal leidenschaftlich zu küssen, aber außer einem losen Küsschen auf die Wange ist bei ihm nichts mehr zu holen. Traurig und mit einem seltsam leeren Gefühl im Bauch winke ich ihm hinterher.

Egal, was andere darüber erzählen oder was du darüber liest: Es ist dein persönliches und ganz intimes Erlebnis. Fürs erste Mal gibt es keine Gebrauchsanleitung, das läuft bei jedem Paar anders und jedes Mädchen, jeder Junge erlebt es auf ihre oder seine Weise. Lass dir nicht zu viele Geschichten darüber erzählen, spüre einfach in dich hinein und lass es geschehen – oder auch nicht, wenn du noch nicht so weit bist.

Denn: Du alleine bestimmst den Ablauf und das Tempo. Lass dich von deinem Gefühl leiten ... Vielleicht helfen dir die folgenden Tipps, das Ganze entspannter zu sehen.

- MAKING LOVE MAKES BABYS – Verhütungs-Check!!!
- Sorgt dafür, dass ihr ungestört seid, und zwar für ziemlich lange Zeit.
- Badet zusammen, wascht euch gegenseitig, gönnt euch eine Massage – das entspannt und erregt zugleich.
- Geht es langsam an, küsst euch, streichelt euch, überall.
- Wenn es dir gefällt, was ihr macht, bist du erregt und deine Scheide wird feucht – beste Voraussetzung dafür, dass sein Penis

leicht in dich eindringen kann. Wenn nicht, warte bis zum nächsten Mal. Bist du verspannt, machst du automatisch dicht, es tut dir weh und du hast keinen Spaß.

- Wenn er in dich eindringt: Vielleicht spürst du einen leichten Schmerz, vielleicht auch keinen, vielleicht ist dein Jungfernhäutchen schon eingerissen, vielleicht blutet es ein bisschen.
- Die Muskulatur in und rund um deine Scheide ist dehnbar und passt sich der Penisgröße an. Also hab keine Angst davor, dass du zu eng bist oder sein Penis zu groß ist, je öfter du mit einem Jungen schläfst, desto leichter dehnt sich das Gewebe. Und, noch mal: Wenn du richtig Lust hast, flutscht das Ganze sowieso von alleine.
- Die meisten Mädchen erleben beim ersten Mal keinen Orgasmus, sei also bitte nicht enttäuscht, wenn es nicht ganz so schön für dich ist.
- Vor lauter Erregung kommen die meisten Jungs schon ziemlich bald, nachdem sie in dich eingedrungen sind. Oder es passiert das Gegenteil und er macht vor lauter Anspannung schlapp. Das ist für ihn mindestens genauso peinlich wie für dich; auch er muss seine Erregung noch unter Kontrolle kriegen. Bitte lache ihn niemals deswegen aus.
- Streichelt und küsst euch weiter, seid zärtlich zueinander – und versucht es später einfach noch mal. Bleibt entspannt, dann läuft alles richtig und wie von selbst.

Zweites Kapitel,
in dem die Liebe Sina Kummer bereitet

Graue Gefühle

So hässlich grau der November in diesem Jahr ist, so grässlich grau sieht auch mein Gefühlsleben aus. Nach dem missglückten Abend neulich ist mir Yannis tatsächlich ein paar Tage aus dem Weg gegangen, sämtliche Annäherungsversuche, SMS meinerseits hat er einfach abgeblockt und ich war völlig fertig deswegen. Nur weil ES nicht gleich geklappt hat, muss er doch nicht tagelang rumschmollen, als ob ich etwas dafür könnte!

Bin ich jetzt unnormal, am Ende gar zu eng für so einen Penis, weil er nicht in meine Scheide passte? Aber, hey, das hat wehgetan, ich *wollte* gar nicht, dass er tiefer eindringt.

Mama hat mich nur ganz komisch angeguckt, wahrscheinlich hat sie sich ihren Teil gedacht. Und Papa redet eigentlich mit mir nie über so Sexkram. „Ihr seid ja heutzutage bestens informiert", hat er neulich mal grinsend gesagt. Heute hat er mich dann aber doch zur Seite gezogen. „Weißt du", hat er ohne Umschweife begonnen, „wir Männer mögen es, wenn Frauen wissen, was sie wollen." Als ich ihn fragend angeguckt habe, ist er noch nicht einmal rot geworden. „Ich meine, eine Frau, die die Initiative ergreift ist, uns tausend Mal lieber, als eine, die einfach nur daliegt und alles über sich ergehen lässt ..." Allmählich dämmert mir, warum Mama so oft bei *Patrizia* zum Shoppen ist ... „Aber es ist auch so", hat er dann hinzugefügt und mir tief in die Augen geschaut, „dass es gut ist, wenn eine Frau es nicht mit jedem tut und mir das Gefühl gibt, dass ich einzigartig bin."

Schlampe, Nutte, Hure, Nymphomanin, sexhungriges Weib – all diese Wörter kriegen Mädchen zu hören, wenn sie selbstbestimmt und lustvoll ihre Sexualität erleben. Ein Junge dagegen, der viele Mädchen hat, erhält für seine „Erfahrung" Bewunderung. Das ist ungerecht – trotzdem hält sich diese unterschiedliche Bewertung hartnäckig. Sorge dafür, dass dein „Image" diesbezüglich nicht leidet, indem du deine Bettgeschichten nicht öffentlich machst und dir deine Partner sorgfältig auswählst. Manche Mädchen (und auch Jungs!) merken leider in ihrer Sehnsucht nach Liebe und Anerkennung nicht, dass zu viele wechselnde Sexualpartner eher das Gegenteil bewirken. Denn eine tolle Bettgeschichte bedeutet noch lange nicht eine tolle und dauerhafte Beziehung.

Ich habe nur ein krächziges „klar" hervorgebracht und gemacht, dass ich an meinen Schreibtisch kam, um die Extra-Arbeit für die Mathe-AG zu erledigen.

Irgendwie nervt das! Da zeige ich Verantwortung und informiere mich, verhüte sogar mit dieser dämlichen Pille, um mit

Yannis, meinem besten, innigsten und langjährigen Freund zum ersten Mal zu schlafen, und dann quatschen mir ständig meine Eltern rein. Als ob Yannis irgendwer wäre und ich einfach meine Jungfräulichkeit an ihn „vergeuden“ würde. Wir leben doch nicht mehr im Mittelalter!!!

Je mehr Kreuzchen du bei den folgenden Aussagen machen kannst, desto eher weißt du, dass er der „Richtige“ (nicht nur) fürs erste Mal ist:

- Er ist sanft und zärtlich, achtet auf deine Reaktionen und respektiert, wenn du „Stopp!“ sagst.
- Er bedrängt dich nicht, ihn anzufassen oder Dinge zu tun, zu denen du (noch) keine Lust verspürst oder (noch) nicht bereit bist.
- Er achtet auf seine Körperhygiene, ist frisch rasiert und riecht gut, wenn ihr euch trefft (und auch sonst).
- Er weiß, dass Mädchen eine Klitoris haben, und rubbelt nicht wild an dir herum, wenn er dir Lust machen will.
- Er zeigt und sagt dir, was ihm gefällt, ohne dich zu bedrängen, und kann gut über seine Gefühle reden.
- Er liebt und liebkost deinen Busen und deine Nippel und verwechselt sie nicht mit Hefeteig zum Kneten.
- Er kümmert sich um Verhütung und übernimmt Verantwortung.
- Er zeigt dir, wie erregend-aufregend er dich findet, und macht dich nicht dafür verantwortlich, wenn er mal schlappmacht und keinen hochkriegt.
- Er küsst und streichelt dich ausgiebig, weil er weiß, dass Mädchen manchmal etwas mehr Zeit brauchen, um in Stimmung zu kommen.
- Er erzählt nicht überall herum, was ihr beiden da so anstellt.

Und was fühlst du, wenn du an ihn und dein erstes Mal denkst? Je öfters du zustimmen kannst, desto eher bist du bereit:

- Du hast tausend kribbelige flatterige Schmetterlinge im Bauch, wenn du an ihn denkst!
- Du vertraust ihm und fühlst dich wohl, wenn ihr zusammen seid.
- Du hast Lust und Freude am Kuscheln und Knutschen.
- Du weißt, was du magst und was nicht, und kannst auch mal „Stopp!" sagen.
- Du kannst gut einfordern und formulieren, was dir gefällt.
- Du hast bereits sexuelle Erfahrungen gesammelt, mit dir und deinem Körper allein oder/und mit deinem Freund gemeinsam.
- Du bist nicht der Meinung, es gehört halt dazu, weil alle deine Freundinnen schon mit ihren Freunden geschlafen haben.

Ich weiß nicht, woher, aber irgendwie haben meine Freundinnen Wind von der Sache bekommen. Als wir wieder mal gemeinsam bei Antonio abhängen, fragt mich Kleo rundheraus, ob ich Stress mit Yannis habe.

„Äh, nö, wie kommst du denn darauf?" Ich tue so, als sei alles so wie immer, erzähle was von Schulstress und meinem „Jugend forscht"-Projekt.

„Komm, ich kenn dich doch!" Kleo lässt nicht locker „Seit ein paar Tagen bist du so griesgrämig drauf wie nie! Habt ihr euch gestritten, oder was?"

„Schlimmer, Sina hat ihn von der Bettkante geschubst!", mischt sich Julia ein und ich verspüre spontane Lust, ihr den Schokoshake auf ihre blondierten Strähnen zu kippen.

„Was?" Jolina guckt mich mit kugelrunden Augen an, pfeift dann aber anerkennend durch die Zähne. „Das finde ich tough!"

„Wer erzählt denn so 'nen Scheiß?", will ich wissen, kann es mir aber schon denken: Yannis hat sich bei Malte ausgeheult und der hat nichts Besseres zu tun, als es der lieben Julia zu stecken, weil sie seine aktuelle Flamme ist.

„Oh Mann", mehr bringt Milli nicht raus. „Ich wünschte, Marco würde sich meiner Bettkante auch nur mal nähern!" Kopfschüttelnd checkt sie ihr Handy, das natürlich keine SMS von Marco für sie anzeigt.

Während Softeis-Antonio klirrend und mies gelaunt weitere Eisbecher serviert, schaue ich Julia schlitzig an und überlege, ob es mir guttut, meinen Freundinnen davon zu erzählen. Die Einzige, die wirklich zu kapieren scheint, ist ausgerechnet Jolina. Also schweige ich und lenke das Thema auf das bevorstehende Weihnachtsmusical an unserer Schule, bei dem Julia und Kleo mitwirken. Als Jolina fünfzehn Minuten später aufsteht, gehe ich einfach mit. Sie wundert sich kein bisschen über meine Begleitung und fragt mich, als wir wenig später durch die nebeligen Straßen laufen: „Also, jetzt erzähl mal, wie war das wirklich?"

Und dann bringe ich eine Kurzfassung meiner aktuellen Erlebnisse mit Yannis.

„Klar, dass dir mulmig ist. Das erste Mal tut wirklich ein bisschen weh", meint Jolina cool, „aber auch nicht mehr, als wenn dich einer zwickt. Und dann ist es scharf ..." Sie mustert mich verstohlen von der Seite. „Hattet ihr denn ein richtiges Vorspiel, ich meine, wart ihr so richtig in Fahrt?"

Tja, eigentlich schon.

Und dann plötzlich nicht mehr.

„Probiert es doch mal in einer anderen Stellung", grinst sie. „Vielleicht bist du ja eher die Reiterin!"

Beim Sex und Miteinanderschlafen sind deiner Fantasie kaum Grenzen gesetzt. Wenn ihr euch miteinander verbrezeln wollt, ist das genauso okay, wie wenn ihr es immer und ewig in eurer Lieblingsstellung tut, weil ihr/du so am bestem zum Orgasmus komm(s)t. Nicht nur, damit du mitreden kannst, findest du im Folgenden die wichtigsten Stellungen. Wie immer gilt: Probieren geht über Studieren, aber lass dir Zeit! Wilde Bettakrobatik ist nicht gleich super Sex. Und fürs erste Mal ist die gute Missionarsstellung ganz bestimmt zu empfehlen.

Missionarsstellung: Dein Freund liegt auf dir und dringt dabei in dich ein. Dabei könnt ihr euch innig küssen und intensiv in die Augen schauen. Vielleicht fühlst du dich unter ihm nicht ganz so beweglich. Bleibe dennoch aktiv, winkle zum Beispiel deine Beine an oder schiebe dir ein Kissen unter den Po – wie es dir am besten gefällt. Du kannst auch deine Hände in seinen Po krallen und damit euren/deinen (!) Rhythmus bestimmen.

Butterfly: Jetzt „reitest" du oben, er liegt unten. Auch hier könnt ihr euch mit euren Gesichtern ganz nahe sein. Zusätzlich kann er deinen Busen liebkosen, was dir ganz bestimmt irre gut gefällt, wenn du ihn gleichzeitig in dir und an dir spürst. Außerdem kannst du eure Bewegungen steuern.

Löffelchen: Eine sehr kuschelige Stellung, weil ihr entspannt auf der Seite liegt, du vor ihm und er von hinten in dich eindringt und seine Hände frei hat, um dich überall zu streicheln.

69: französisch ausgesprochen soixanteneuf, weil ihr verkehrt herum aufeinanderliegt und gegenseitig Oralsex ausübt, er also nicht mit seinem Penis in deine Scheide eindringt. Das ist eher was für Fortgeschrittene.

Doggystyle: Mach's Hündchen, er nimmt dich von hinten und kann so sehr tief in dich eindringen. Nicht jederfraus Sache, aber viele Jungs und Männer stehen drauf, weil man so tiefer als sonst eindringen kann. Achte darauf, dass du auf deine Kosten kommst und er dich dabei zum Beispiel mit den Händen an der Klitoris stimuliert. Auch was für Fortgeschrittene.

Also, ich weiß nicht, hier geht es doch um Liebe und Zärtlichkeit, mir ist das alles zu technisch. Vielleicht sollte ich mir eher Kamasutra reinziehen, dafür bin ich wohl eher der Typ. Denn ich bin zwar für meine mathematischen Geniestreiche und Timing-Optimierung dank Asselmeyer in der ganzen Schule bekannt, aber das hier hat doch etwas mit meinem BAUCH zu tun und nicht mit meinem Kopf.

Ganz in mich versunken laufe ich durch die nieselig graue Dämmerung nach Hause, wo ich Yannis vor unserem Gartenzaun treffe. Hat der etwa auf mich gewartet, um sich wieder mit mir zu versöhnen?

„Hey, Sina", begrüßt er mich lässig-cool-fröhlich, als ob es die letzten zergrübelten Tage zwischen uns nicht gegeben hätte. „Lange nicht mehr gesehen!"

„Kein Wunder!", fauche ich ihn an. „Du gehst mir ja auch ständig aus dem Weg!"

„Hä, wieso? Wenn mir eine aus dem Weg geht, dann ja wohl du! Ich wollte wissen, was mit dir los ist!" Yannis guckt mich verwundert an. Und ich ihn. Und plötzlich ist da wieder dieses vertraute, liebe Yannis-Gefühl in meinem Bauch. Ich kann nicht anders, ich stürze ich mich in seine Arme und schluchze los.

Das habe ich ja noch nie gemacht!!!!!!!!!!!!!!!

„Äh, Sina?! Alles okay?" Yannis reicht mir verdattert ein Taschentuch. „Das ... das ist doch alles nicht so schlimm. Wir haben doch Zeit!"
Sagt er jetzt, der Idiot, nachdem genau zehn Tage vergangen sind, die total schlimm waren. „Ich lieb dich doch", flüstert er rau. Seine zärtlichen Worte tun mir gut. „Kommst du noch mit hoch?" Ohne eine Antwort abzuwarten, zieht er mich einfach auf Dietrichs Grundstück.
„Nee, lieber dorthin!" Ich deute auf die Hollywoodschaukel und wische mir die Tränen aus den Augen. „Ich muss gleich zum Abendbrot." Was glatt gelogen ist, aber ich kann jetzt unmöglich mit Yannis auf sein Zimmer gehen und so tun, als sei alles so wie immer. Aber als ich mich glücklich in seine Arme fallen und abküssen lasse, ist es dann doch so wie immer. Fast.

In dieser Nacht träume ich schlecht. Von Hunden, die es permanent in der Hollywoodschaukel treiben, von Milli, die laut singend nackt auf einem Pferd reitet, und von Jolina, die ständig mit mir spielen will. Als ich schweißgebadet aufwache, ist noch lange nicht Aufstehzeit und so schnappe ich mir mein Tagebuch. Mein geheimes – und nicht *das* im WWW, wo alle drin lesen können. Das habe ich Ewigkeiten nicht mehr gemacht, mir einfach mal alles von der Seele zu schreiben, was mit mir los ist. Als ich wenig später wirklich aufstehen muss, geht es mir schon viel besser. Heute Nachmittag kommt mich Yannis besuchen, haben wir gestern Abend noch verabredet, einfach so, ohne Hintergedanken, dabei weiß jeder von uns: Wir wollen nur ungestört miteinander knutschen und unsere Versöhnung feiern. Ziemlich unruhig verbringe ich den Vormittag in der Schule, vertue mich beim Baumdiagramm und kassiere die erste Zwei in Mathe seit Jahren. Der Asselmeyer guckt mich nur verwundert an, sagt aber nichts, weil er auf meine sonstigen Leistungen „ganz besonders stolz“ ist. Logisch ist er das, seine Streber-Heinis aus der AG haben das mit der Diskreten Mathematik ja auch überhaupt nicht drauf. Ohne meinen Input wären die völlig aufgeschmissen und könnten sich die Teilnahme an „Jugend forscht“ voll fett in ihre fettigen Haare schmieren.

Mama mault rum, als Yannis am Nachmittag an unserer Tür klingelt. „Du wolltest doch mit uns Plätzchen backen!“, meint sie. „Immer klinkst du dich aus der Familie aus. Und Leon hat sich so darauf gefreut.“ Was überhaupt nicht stimmt. Mein kleiner Bruder futtert zwar für sein Leben gern Süßes, aber als Viertklässler ist er aus dem Backe-backe-Kuchen-Alter längst draußen.

„Keine Sorge, Mama!“, rufe ich ausgelassen, einer plötzlichen Eingebung folgend. „Du kannst reingehen und es dir auf dem Sofa gemütlich machen. Dieses Jahr backen Yannis und ich. Das werden die besten Weihnachtsplätzchen, die du jemals gegessen hast!“

„Oh no, das ist nicht dein Ernst, oder?“ Yannis verzieht das Gesicht, als ich ihn, statt abzuküssen, sofort in unsere Küche ziehe. „Dann kann ich ja gleich wieder rübergehen.“

„Willst du mich jetzt sehen oder nicht?“, antworte ich zickig. Was der nur wieder hat. Schließlich können wir auch in der Küche knutschen, wie im Film. Und so rolle ich sehr liebevoll und sehr sorgfältig den Mürbeteig aus, steche die ordentlichsten Herzen der Welt, während Yannis gelangweilt auf dem Stuhl sitzt und sich noch nicht einmal mit mir unterhält, weil er mit seinem iPod rumdaddelt. Nachdem die Herzchen mit lauter rosa Perlchen verziert sind, habe auch ich die Nase voll von meinen hausfraulichen Unternehmungen und setze mich Yannis einfach auf den Schoß.

„Neues Spiel?“, tue ich interessiert. Dabei wuschele ich ihm zärtlich durch die Haare und gebe ihm einen Mehlnasenstüber. Zur Antwort drückt er mir einen fetten Schmatzer auf die Wange. „Komm, wir gehen hoch.“ Ich bringe Mama noch kurz eine Kostprobe nach nebenan und angele nach einer Flasche O-Saft, dann bin ich mit Yannis alleine in meinem Zimmer. Alleine, wie schon so viele Male. Und obwohl wir beide wissen, dass Mama unten ist und ihre Lieblings-Soap schaut und Leon nebenan Lego-City spielt, liegen wir kurz darauf in meinem Bett. Wir sind wieder einmal kurz davor, ich bin sehr erregt und flutschig und wäre heute für alles offen. Ich stöhne genussvoll vor mich hin. Nur Yannis scheint leider irgendwie abgelenkt und nicht in Stimmung.

Normalerweise hängt der Penis schlaff herunter. Ist der Junge sexuell erregt, sorgen die Schwellkörper im Penisschaft dafür, dass der Penis hart und größer wird, er richtet sich auf. An der Spitze befindet sich unter der dehnbaren Vorhaut die Eichel – sie ist (wie dein Perlchen) das sexuell empfindlichste Körperteil beim Jungen.

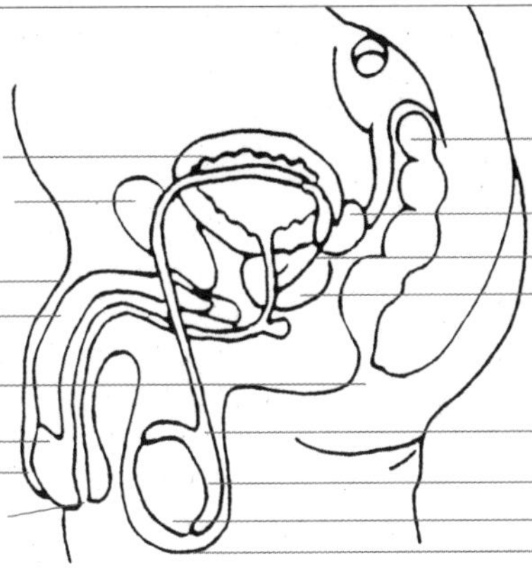

Ähnlich wie deine erste Periode ist der erste Samenerguss beim Jungen ein Zeichen seiner Geschlechtsreife und so, wie sich dein Zyklus erst hormonell einstellen muss, muss ein Junge seine Hormone bzw. Erregung in den Griff kriegen: Oft reicht eine leichte Reibung, eine kleine Fantasie, schon ist der Penis steif – und das am helllichten Tag in der Schule, im Schwimmbad. Umgekehrt können Stimmungsschwankungen, Stress und Sorgen die Lust negativ beeinflussen, der Junge „bekommt keinen hoch".

Plötzlich klopft es der Tür: „Tut Yannis dir weh, Sina?"
Ooops, da war ich wohl etwas laut! Ich muss so lachen, weil mein kleiner Bruder mal wieder das beste Timing hat, und rufe nur „Nein, es ist alles okay!", aber der Zauber von gerade eben ist verschwunden. Yannis sehe ich an, dass er stocksauer ist.

Warum eigentlich schon wieder, he? Nur weil er keinen Spaß hatte, muss er doch nicht gleich so beleidigt sein wie tausend Leberwürste. Als ob ich nicht versucht hätte, ihn zu verwöhnen …

Wortlos sammelt er einfach seine Klamotten auf, zieht sich an und ist kurz darauf verschwunden. Er sagt mir noch nicht einmal Tschüss.

Die nächsten Tage und Wochen sind einfach nur ätzend. Obwohl Yannis so tut, als sei alles gut und so wie immer zwischen uns, merke ich, dass es eben nicht so ist und er sich immer mehr von mir zurückzieht. Vielleicht bin ich auch inzwischen ein bisschen zu sensibel, aber er findet wenig Zeit, mich zu küssen oder gar zu treffen, verabredet sich lieber mit Sebastian und Marco zur LAN-Party und hört mir kaum zu, wenn ich ihm von meinem Erfolg versprechenden Mathe-Projekt erzähle. Milli dagegen ist total happy, die Glückliche, weil Marco endlich!!! mit ihr geschlafen hat. Es war ganz schnell vorbei, hat sie strahlend erzählt, und sie hat auch ein bisschen geblutet, aber egal. „Hauptsache, ich bin jetzt seine Frau und wir sind wieder richtig zusammen", hat sie gemeint.

Lieber schnell vorbei oder Dauerthema wie bei uns? Das ist doch total verrannt und verbohrt und ich weiß gar nicht mehr, was ich tun soll. Ich werde nur immer trauriger und muss ständig heimlich weinen.

Julia ist ebenfalls total locker drauf, sie erzählt allen, dass sie verliebt ist, verrät aber nicht, in wen, und macht ein riesiges Geheimnis daraus. Ich glaube, es ist Malte, und wahrscheinlich traut sie sich nicht, es zu sagen, weil er für seine Erfahrungen bekannt ist. Kleo dagegen ist mal wieder nicht ansprechbar, aber diesmal nicht wegen ihrer Probleme, sondern weil sie wie eine Bekloppte für ihr Abschlusszeugnis büffelt. „Vielleicht will ich eines Tages ja doch noch Ernährungswissenschaften studieren", erklärt sie, „da brauche ich gute Noten!" Und dein Abi, meine Liebe, denke ich, aber da Kleo so euphorisch drauf ist, behalte ich das lieber für mich.

„Kommst du nachher mit auf den Weihnachtsmarkt?", fragt mich Yannis dann eines Tages im Dezember in der großen Pause. „Die anderen gehen auch mit."

„Dann sind wir wenigstens nicht alleine", knurre ich. Dabei wäre ich nichts lieber als das!

„Ich zwing dich nicht", knurrt er zurück. Für einen Moment starren wir uns feindselig in die Augen.

Was ist da nur passiert?
Nur weil ES zwischen uns nicht so toll klappt,
ist das noch lange kein Grund, dass wir uns so angiften, oder?
Wir hatten doch sonst auch unseren Spaß, ich meine,
anderen Spaß. Es geht doch auch ohne diesen ganzen Bett-
und Sexkram, der macht alles nur so grässlich kompliziert ...

Bevor ich das sagen kann, stürze ich mich einfach in Yannis' Arme. Es tut gut zu spüren, wie er mich jetzt ganz fest an sich zieht und zärtliche Küsschen in meine Haare drückt.

„Was ist nur los mit uns?", frage ich stammelnd und kann kaum die aufsteigenden Tränen unterdrücken.

„Keine Ahnung", flüstert er rau. Sein Atem kringelt in der kalten Luft. „Keine Ahnung."

Und dann bleiben wir bis zum Pausengong eng umschlungen stehen, spüren, fühlen einander, so wie immer ...

Es fühlt sich nicht mehr so an wie immer. Ich merke, wie ich mich verzweifelt an ihn klammere, während Yannis mich umarmt, aber über meine Schulter durch die Gegend guckt und nach seinen Kumpels schielt. Das erste Mal, seit wir zusammen sind, habe ich Schiss davor, Yannis zu verlieren. Angst davor, dass er Schluss macht, dass er nichts mehr von mir wissen will. Nach all den Jahren, die wir uns kennen.

Auf dem Weihnachtsmarkt ist es dann aber wie immer: ÄTZEND. Seit ich vor drei Jahren einem total süßen Typ namens Carlos eine Saison lang nachgelaufen bin, war ich nicht mehr hier. Ich kann diesem Lebkuchen- und Glühweingedöns einfach nichts abgewinnen und nur Yannis zuliebe trinke ich auch einen kleinen Becher. Mit dem Erfolg, dass mir ganz schwummerig im Bauch ist, ich bin Alkohol einfach nicht gewöhnt.
„Das törnt voll an", meint Jolina und die muss es ja wissen, wie sie sich jetzt ausgelassen an Sebastian hängt. „Danach hast du keine Hemmungen mehr!"
Danke, Jolina, ich bleibe lieber im Bewusstsein meiner sämtlichen Sinne, auch wenn die Wahrheit unangenehm ist. Trotzdem genieße ich es, wie Yannis nach dem zweiten Becher total schmusig und anhänglich ist, als wäre dieses Hickhack zwischen uns nie gewesen. Wie früher knutschen und fummeln wir herum, taumeln im Glücksrausch Arm in Arm nach Hause und kommen viel zu spät zum Abendessen, weil wir uns unter jeder Laterne ausgiebig küssen müssen. Und als Yannis am übernächsten Nachmittag bei mir ist, mache ich uns einen heißen Kakao, der ihn so richtig abgehen und sein „Problem" von damals vergessen lässt.

Sexuelle Lust kann stimuliert werden durch sogenannte Aphrodisiaka (von Aphrodite, griechische Göttin der Schönheit und der Liebe). Lustvolles Essen mit den entsprechenden Zutaten törnt viel mehr an als beispielsweise Alkohol, weil alle Sinne angesprochen werden. Wie wäre es zum Beispiel mit Erdbeeren in Sekt, Schokoladeneis, Caprese mit viel Basilikum, Würstchen mit Senf, Kokosnuss, Melone, Granatapfel ...

Liebeskick-Drink: Du kochst etwa fünf Minuten in 250 ml Wasser folgende Zutaten: fünf gehäufte Teelöffel Rohkakao bester Qualität, zwei Teelöffel Zimt, je ein bis zwei Messerspitzen gemahlenen Kardamom und gemahlenen Koriander, das Mark einer Vanilleschote, eine klein geschnittene Chilischote (Achtung: scharf! Handschuhe anziehen!). Gut mixen, mit einem Esslöffel Bienenhonig abschmecken und in hübsche Gläser füllen. Ein Schuss Sahne macht das Ganze cremiger.

Ende Gelände

In ein paar Tagen ist Weihnachten. Das Beste daran: endlich Ferien! Noch besser: Mama räumt nach den Feiertagen endlich diesen Deko-Kram aus unserem Haus. Dank ihrer Ikea-Family-Card sieht es bei uns nämlich jedes Jahr aus wie auf dem Christkindlsmarkt, zugegebenermaßen etwas geschmackvoller, aber trotzdem. Ich bin froh, wenn diese „besinnliche" Zeit vorbei ist, die mir eigentlich jedes Jahr nur Stress bereitet. Denn den habe ich ohne Ende. Mal abgesehen von den unzähligen Weihnachtsfeiern, muss ich mir ein besonderes Geschenk für Yannis ausdenken. Sonst habe ich mir ja da nicht so viele Gedanken darum gemacht, aber seit er mir zu meinem Geburtstag diesen symbolischen Ring geschenkt hat und unsere Beziehung ständig auf- und abgeht, habe ich das Gefühl, diesmal muss ich alles toppen. Nachdem ich nächtelang nicht schlafen konnte, habe ich ENDLICH den genialen Einfall. Ich bastele ihm ein Buch! Der Clou: mit Liebesgedichten! Und weil mir die ollen Kamellen von Goethe & Co. zu schwülstig erscheinen (sorry, Johann Wolfgang, ich weiß, gerappt bist du unschlagbar, aber das mit Yannis läuft nun mal anders als mit Gretchen), stöbere ich so lange in unserer Stadtbibliothek, bis ich ziemlich abgefahrene, neue Lyrik entdecke.

Sammlungen mit Liebesgedichten gibt es jede Menge, von berühmten und weniger berühmten Autoren, Klassiker und solche, die es noch werden müssen. Zum Einstieg: Heiß auf dich. 100 Lock- und Liebesgedichte. Herausgegeben von Anton G. Leitner und Anja Utler.

Erst wollte ich ja alle Liebesgedichte und -sprüche per Hand mit einer Kalligrafie-Feder auf handgeschöpftes Papier schreiben, aber nachdem ich mich zehn Mal verschrieben habe, sitze ich nun doch am Computer. Das mit dem Eintippen geht zwar nicht wirklich schneller, macht aber Spaß, weil ich so jeden Spruch und jede Zeile einzeln mitkriege. Den Anfang macht ein ziemlich kompliziertes Flamingo-Gedicht, das zwar auch schon älter ist, und darin geht es nicht wirklich um Liebe, aber es ist ja wohl klar, woran es Yannis erinnern soll ...

DIE FLAMINGOS · *Aus: Rainer Maria Rilke, Neue Gedichte (1907)*

Im Jardin des Plantes, Paris

In Spiegelbildern wie von Fragonard
ist doch von ihrem Weiß und ihrer Röte
nicht mehr gegeben, als dir einer böte,
wenn er von seiner Freundin sagt: sie war

noch sanft von Schlaf. Denn steigen sie ins Grüne
und stehn, auf rosa Stielen leicht gedreht,
beisammen, blühend, wie in einem Beet,
verführen sie verführender als Phryne

sich selber; bis sie ihres Auges Bleiche
hinhalsend bergen in der eignen Weiche,
in welcher Schwarz und Fruchtrot sich versteckt.

Auf einmal kreischt ein Neid durch die Volière;
sie aber haben sich erstaunt gestreckt
und schreiten einzeln ins Imaginäre.

Jeden Tag, wenn ich ein Türchen an meinem Schokoadventskalender öffne, hoffe ich, dass es heute besser zwischen Yannis und mir läuft und es keine Missverständnisse gibt. Aber es bleibt ein ständiges Hin und Her zwischen uns beiden; immer öfter habe ich das Gefühl, Yannis ist mit seinen Gedanken gar nicht richtig bei mir, wenn wir zusammen sind. Wir treffen uns so gut wie gar nicht mehr alleine bei ihm oder bei mir, ein schlabberiger Zungenkuss ist inzwischen das Höchste der Gefühle und dann bin ich es, die die Initiative ergreift.

Und deswegen muss ich jeden Abend daran denken,
diese Pille zu schlucken? Für nichts und wieder nichts?!
Seit ich zum Leidwesen von Frau Leineweber mit
dem Basketballspielen aufgehört habe, bin ich etwas
runder geworden. Die Kilos jetzt haben aber auch
mit den leckeren Nugatkugeln zu tun,
die mir Onkel Ösi aus Wien mitgebracht hat.

Als Zeichen meiner romantischen Gefühle habe ich für Yannis extra den Schnuffel-Kuschelsong als Klingelton im Dauerabo abonniert, weshalb ich mal wieder Stress mit Papa habe, der mich komplett für plemplem und geschäftsunfähig hält, als er die Rechnung gesehen hat. Vielleicht hat er ja recht und ich bin ein kleines liebeskrankes Häschen, aber schließlich erhalten kleine Geschenke nun mal die Freundschaft ... äh, Liebe! Außerdem ertappe ich mich dabei, wie ich von Yannis Liebesschwüre einfordere, die ich vorher nie hören wollte und weswegen ich Milli immer ausgelacht habe. Wenn ich ihm sage „Ich hab dich lieb" und er nicht gleich antwortet, schmolle ich so lange rum, bis er endlich ein „dich auch" rausbringt, und erst dann bin ich happy. Aber nicht wirklich.

Liebesbeweise gibt es viele, oft sind Taten wichtiger als die drei berühmten Worte – und das nicht erst, wenn eure Gefühle sich auf einem sinkenden Stern befinden. Auch wenn du es gut meinst und eure Beziehung retten möchtest, können zu viele Aufmerksamkeiten schnell nach hinten losgehen – Jungs mögen keine Kletten, aber du musst auch das Gefühl haben, dass er bei dir ist und nicht ständig auf der Flucht. Wenn das zu einseitig ist, ist das ein klares Signal. Akzeptiere es, so schwer es fällt, und trenne dich – bevor er es tut. Es ist immer besser, aktiv zu handeln, als das Opfer zu sein, das gibt dir ein stärkeres Gefühl.

Vor lauter Frust stopfe ich noch mehr Nugat in mich rein, gelobe aber, im neuen Jahr wieder mit dem Training anzufangen und mit Kleo regelmäßig Ambra auszuführen. „Walken macht voll viel Spaß", hat sie nämlich erzählt.
„Mit diesen dämlichen Stöcken?", habe ich verwundert nachgehakt und an meine Mutter gedacht, die seit einem halben Jahr auch mit diesen Dingern herumwedelt und ganz stolz ist, weil sie ein halbes Kilo abgenommen hat.
„Nee, ohne", hat Kleo grinsend geantwortet, „aber mit Power. Komm einfach mal mit, das wird dir guttun."

Ja, das glaube ich auch, alleine deshalb, weil ich meiner liebsten und allerbesten vertrauten Freundin dadurch wieder näherkomme. Mit Milli und ihrem hochzeitlichen Weibchen-Getue komme ich nämlich derzeit überhaupt nicht klar!

Milli sitzt nach wie vor jeden Nachmittag allzeit bereit alleine zu Hause und wartet auf Marcos Anruf oder SMS. Wenn es ihm in den Kram passt, ruft er sie nämlich einfach an, woraufhin sie dann schnell zu ihm radelt, einmal kurz mit ihm ins Bett hüpft und dann wieder verschwindet, weil er ja noch für die Schule lernen muss. Dass er in Wahrheit mit Yannis und Sebastian verabredet ist, will sie nicht wahrhaben. Und mir verzeiht sie nicht, dass ich bei deren Treffen ganz oft dabei bin, was zwar auch nicht prickelnd ist, aber immerhin kann ich so in Yannis' Nähe sein. Auch wenn er sich mir gegenüber immer abweisender verhält, gebe ich nämlich die Hoffnung nicht auf, dass es eines Tages wieder so wie früher zwischen uns wird.

Welches Früher meinst du, Sina?
Das vor eurem ersten Mal?
Oder das vor eurem ersten Fummeln?
Oder vor eurem Knutschfleck?

Julia dagegen ist supernett und fröhlich drauf, wie seit Monaten nicht mehr. Seit ihrer Trennung von Nicolas ist sie richtig aufgeblüht. Ashley, ihre große Schwester, ist für ein Schuljahr in Amerika. Es tut ihr scheinbar gut, wenn sie sich nicht ständig mit dieser aufgetakelten Tussi abgleichen muss.
Und dann passiert es. Yannis macht plötzlich drei Tage vor Heiligabend Schluss. Eines Abends, ich komme gerade voll abgehetzt von der Mathe-AG aus der Schule, lungert er bei klirrender Kälte vor unserer Gartentür herum und fragt höflich, ob er noch mit mir nach oben kommen kann. Ich nicke und ahne bereits, dass es nichts Gutes ist, was er mir zu sagen hat, tue aber so, als sei alles ganz normal und alles so wie immer. Nehme O-Saft und zwei Gläser mit, schließe die Tür hinter uns vor Leons neugierigen Blicken, der irgendeinen Kumpel zu Besuch hat.
„Lange nicht mehr gesehen“, sage ich und gehe einfach einen Schritt auf Yannis zu, weil der mal wieder nicht anfängt. Als ich ihm wie sonst die Arme um den Nacken legen und ihn küssen will, nimmt er meine Hände und schiebt mich von sich weg.
„Äh, Sina, das ...“ Er hüstelt herum wie Leon, wenn er Bronchitis hat. „Das ... das geht nicht mehr.“
Entgeistert starre ich ihn an. „Hä? Was geht nicht mehr?“

„Also, ich meine, das mit uns ...“ Yannis guckt mir jetzt in die Augen und ich versuche, darin zu lesen, was er mir wohl sagen will.
„Finde ich auch“, stimme ich ihm dann nach einer Weile zu. „Das läuft nicht so gut zwischen uns in letzter Zeit ... Ich will endlich wieder ganz normal mit dir zusammen sein“, füge ich hinzu und drücke wie zur Bekräftigung seine Hand ganz fest.
„Aber darum geht es ja“, sagt Yannis, macht sich los und wendet sich abrupt ab, Richtung Fenster. Und dann sagt er nach draußen in die Dunkelheit: „Irgendwie läuft das nicht mehr so, so will ich das nicht mehr.“
„Und warum?“ Meine Stimme, tonlos.
„Weil ... ich weiß auch nicht. Ich habe ja viel darüber nachgedacht.“ Yannis dreht sich jetzt wieder um und spricht zu mir. „Und es ist ja auch nicht so, dass ich dich nicht mehr lieb habe. Ich ... ich möchte dich nicht verlieren, ich meine, du bist meine beste Freundin, mein bester Kumpel, schon immer. Aber ich ...“
„Wo ist denn dann das Problem?“ Ich mag nicht glauben, was ich da gerade höre. Er fühlt und denkt wie ich!

Ja, ich hab ihn auch lieb, ja, will ihn auch nicht verlieren,
ja, er ist auch mein bester Kumpel. Aber ...

„Ist es eine andere?“, rutscht es mir heraus. „Oder ist es, weil das im Bett mit uns nicht geklappt hat?“
Yannis schüttelt traurig den Kopf. „Nein, das ist es nicht, das musst du mir glauben.“ Er kommt wieder auf mich zu, streichelt mir sanft über die Schulter. „Das ... das war immer total schön mit dir ... Du küsst so schön.“

Ich kuschele meinen Kopf in seine Hand. „Aber warum willst du dann nicht mehr mit mir zusammen sein?" Ich kann kaum noch meine Tränen zurückhalten, mein Magen ist ein einziger, zäher Klumpen. Ich verstehe nicht, was Yannis meint. Will es nicht verstehen, was er da gerade zu erklären versucht.
„Sina ... das ist alles so kompliziert geworden. Wir können ja Freunde bleiben, so, wie wir das immer waren." Er zieht mich dabei in seine Arme und hält mich ganz fest. „Und vielleicht wird dann eines Tages wieder mehr draus."

So, wie du mich gerade streichelst, ist es mehr, Yannis. Spürst du das denn gar nicht? Bitte gib uns doch noch eine Chance!

Am liebsten würde ich laut losschluchzen, aber irgendetwas in mir verbietet es. Ich atme innerlich tief durch und schiebe mich von ihm weg. „Okay", sage ich so gefasst wie möglich. „Heißt das, du machst Schluss?"
Yannis nickt nur, guckt mich dabei mit ganz traurigen Augen an. „Ich will dir doch nicht wehtun ..."

Das tust du aber, und wie!!!

„Geh jetzt bitte", sage ich leise, ganz tapfer. „Ich möchte jetzt lieber alleine sein."

Nein, bleib da, bittebittebitte bleib da, nimm mich bittebittebitte in deine Arme und sag, dass es zwischen uns wieder so wird wie früher.

Doch Yannis steht auf und geht.
Dabei hätte ich ihm noch so viel zu sagen.

Ich habe in jener Nacht kaum geschlafen, nur geweint. Alles, alles musste raus. Mama und Papa haben sich zum Glück jeden Kommentar erspart, als sie mitbekommen haben, was da los ist, und selbst Leon hat ausnahmsweise mal seine blöde Klappe gehalten.

Erste-Hilfe-Maßnahmen bei gebrochenem Herzen:

- Bei jedem Schock hilft dir erst mal ein Glas warmes Wasser! Trink es langsam und in kleinen Schlucken. Damit lässt du neue Lebensenergie in deinen Körper fließen, du kannst dich wieder spüren und klare Gedanken fassen: Er hat Schluss gemacht. Uns gibt es nicht mehr. Aber ICH!!! bin immer noch da.
- Nach dem Schock folgt der Schmerz, lass ihn zu, weine dich raus, nichts und niemand kann dich jetzt trösten, weine, bis du keine Tränen mehr hast. Dann dreimal tief durchatmen.
- Noch mal ein Glas warmes Wasser. Versuche, diesmal bewusst mit jedem Schluck auch deine Tränen hinunterzuspülen. Später darfst du wieder weinen, versprochen, aber jetzt ist erst mal gut, beruhige dich! Noch mal tief durchatmen, merkst du es: Du bist da, du hast es überlebt!
- Wische deine Tränen ab, wasche dein Gesicht mit kaltem Wasser. Wenn du magst, stelle dich unter die Dusche und spüle deinen ganzen Kummer durch den Abfluss.
- Jetzt musst du deine Wunde versorgen: Hand aufs Herz! Konzentriere dich auf deinen Herzschlag und auf deine Atmung. Wie fühlt es sich an? Tut es weh? Bohrt es, brennt es, sticht es? Streichele die Stelle, creme sie ein oder klebe ein Pflaster darüber, um die Wunde – dich! – zu schützen.

Die ganze Zeit sehe ich nur Yannis vor mir, Yannis mit seinen unzähligen Sommersprossen, Yannis mit seinen fröhlichen Augen, Yannis mit den Grillwürstchen in der Hollywoodschaukel, Yannis mit nacktem Oberkörper im Schwimmbad ...

WARUM???, hämmert mein Herz, warum will er nicht mehr, dass ich seine Freundin bin? Wenn er mich doch noch lieb hat?! Warum hat er nicht eher etwas gesagt? Warum gibt er uns nicht noch eine Chance?

Irgendwann bin ich mit diesem tröstlichen Gedanken eingeschlafen. Ich muss ihn noch mal sehen, ich muss ihn bitten, uns noch eine Chance zu geben, schließlich trage ich ja immer noch seinen Ring.

Als ich am nächsten Morgen mit rot verquollenen Augen auf dem Schulhof stehe, schnallt Kleo als Erste, was passiert ist. Wortlos zieht sie mich in ihre Arme, lange genug, um zu spüren, dass sie nie aufhören wird, meine beste Freundin zu sein, und kurz genug, damit ich nicht wieder anfange loszuflennen.

Milli streichelt mir mitleidig über die Schulter. „Ich weiß genau, wie sich das anfühlt", sagt sie leise. „Das tut mir leid für dich."

Dankbar drücke ich ihre Hand, bringe aber keinen Ton heraus, denn gerade läuft Yannis an uns vorbei. Er guckt mich für einen Moment – dreißig Sekunden? Zwei Minuten? Eine Ewigkeit? – ganz traurig und lieb an, als wolle er etwas sagen, dann geht er weiter und stellt sich zu Sebastian, der gerade stolz seine coole neue Daunenjacke Marke Superhip präsentiert.

Jolina klopft mir lässig auf die Schulter. „Wird schon", sagt sie knapp, „am Anfang tut's immer weh ..."

„Das war doch abzusehen“, meint Julia nur achselzuckend, als sie dazukommt. „Zwischen euch lief das doch seit Langem nicht mehr so gut, das hast du selbst erzählt.“ Vor lauter Traurigkeit kann ich ihr noch nicht einmal die Pickelpest an ihre zugekleisterte Haut hexen, einmal Zicke, immer Zicke, als ob ich ihr nie zugehört und sie getröstet hätte, wenn sie stundenlang von Nicolas erzählt hat!

Zum Glück kommt die Tuszynski bald, und weil heute der letzte Schultag vor den Winterferien ist, legt sie uns zur Feier des Tages ein Hörbuch auf. „Die Weihnachtsgeschichte“ von Charles Dickens, als ob wir die noch nie gehört hätten! Während alle im Klassenzimmer auf ihren Stühlen gelangweilt vor sich hin dösen, habe ich Zeit genug, um Yannis ein kleines Briefchen zu schreiben.

Bitte gib uns noch eine Chance und lass uns noch mal miteinander reden. Heute Mittag um 14:00 am Botanischen Garten.

Vorsichtig werfe ich ihm das Zettelchen vor die Nase und ebenso vorsichtig pult er es auf. Dann nickt er mir verlegen lächelnd zu und das Liebeskummermännchen in meinem Magen macht einen Freudensalto samt Glückshüpfer.

Es ist völlig normal, sich an die verzweifelte Hoffnung zu klammern, es könnte ja wieder was werden ... Du glaubst, es gäbe viele Hinweise dafür: Er will dich mal wieder treffen , er will dein Kumpel bleiben – und dann ist da auch noch so viel Vertrautes zwischen euch, wenn ihr euch seht. Aber Hand aufs Herz: Du willst seine Liebe, du willst seine richtige Freundin sein, nach der er sich

Tag und Nacht sehnt, du willst mehr als nur eine vertraute Gewohnheit sein, du willst alles. Oder? Vielleicht gab es auch gute Gründe für eure Trennung: weil er dich betrogen oder angelogen hat, weil du dich in einen anderen verliebt hast, weil ... Du willst es trotzdem noch mal versuchen? In der Hoffnung, dass sich etwas ändert? Frage dich: Was genau muss sich ändern? Und: Geht das überhaupt?!

Wenn es denn sein muss, bitte ihn um ein letztes Date, aber kämpfe mit fairen Mitteln (also nicht nackt anspringen oder damit drohen, dir was anzutun) und bettele ihn nicht an. Und wenn das nicht erfolgreich ist: Akzeptiere sein Nein zu dir – auch wenn es mega-schwer ist. Je eher du das schaffst, desto schneller kann dein Herz heilen! Mach dir klar: Er sagt Nein zu deiner Liebe, nicht zu dir als Persönlichkeit!

S.O.S. – Herz in Not

Der Nachmittag mit Yannis im Botanischen Garten begann nicht ganz so genial, wie ich ihn mir vorgestellt hatte. Erstens war es schweineklirrekalt und zweitens haben wir uns stundenlang angeschwiegen, anstatt miteinander zu reden. Endlich beim Nachhausegehen habe ich dann gewagt, meine Hand in seine zu legen, und angefangen, ihn auszufragen nach seinen Gefühlen und Gedanken. Erst hat Yannis nicht viel dazu gesagt, außer, dass ihm das alles zu eng würde und er sich lieber öfters alleine mit seinen Kumpels treffen möchte. Als ich ihm dann aber geantwortet habe, dass das doch alles kein Thema sei, schließlich treffe ich mich mit meinen Mädels auch lieber mal alleine und außerdem wären wir ja auch oft genug zu viert unterwegs gewesen, da hat er dann genickt. Und als ich ihn dann vorsichtig gefragt habe, ob wir es denn nicht noch mal versuchen wollten, schließlich kennen wir uns doch so gut und konnten immer über alles reden, selbst über unsere ersten Pickel damals, und überhaupt, dass ich ihn niemals nicht verlieren will, weil ich ihn über alles liebe, da hat er mir den Arm um die Schultern gelegt und mich ganz fest an sich gezogen. Ich war so happy. Der Abschiedskuss war der schönste, intensivste, beste seit Wochen. Ganz zärtlich, ganz nah. Und Yannis hat mir auch gesagt, dass er mich ja eigentlich sehr, sehr lieb hat und mich als Freundin nicht verlieren möchte.

Hört sich alles ganz toll und nach Wiederversöhnung an. Nur: Seitdem habe ich von Yannis nichts gehört und nichts gesehen, obwohl ich zweimal gesimst und sogar einmal geklingelt habe. Mein Glücksgefühl, das an diesem Nachmittag so stark war, ist ins Gegenteil umgeschlagen, ich bin total sauer und enttäuscht. Und doch glaube ich, tief in mir die Gewissheit zu verspüren, dass alles wieder so wird wie früher und dass wir einfach nur ein bisschen Zeit brauchen. So eine Krise kommt schließlich in jeder Beziehung mal vor! Soll Yannis seine Freiheit haben, er ist mir ja keine Rechenschaft schuldig. Sagt auch Jolina und die kennt sich in diesen Dingen schließlich aus. Deswegen habe ich sie gestern noch angerufen und stundenlang mit ihr gequatscht, ich musste einfach mit jemandem reden, der sich in Sachen Jungs auskennt. Jolina meint auch, dass wir noch eine Chance hätten, schließlich seien wir das Dream-Date der Schule! Und Yannis hängt total an mir, findet sie.

„Solange ich seinen Ring trage, wird alles gut!", versuche ich mir zu sagen.

Heute ist Heiligabend, gleich werde ich Yannis wie jedes Jahr in der Kirche sehen und wir werden uns wie jedes Jahr an die Hand fassen und angrinsen, wenn der Organist zu „Oh du fröhliche“ das Glockenspiel anstellt. In mir steigt schon dieses warme Gefühl auf, als ich nur daran denke.

Aber dann ist Yannis gar nicht dabei, als Familie Dietrich sich wie alle Jahre wieder in die Holzbänke einfädelt. Ich glaub es nicht: Wo ist er? Den ganzen Gottesdienst über zermartere ich mir den Kopf, wo er wohl stecken könnte. Ist er krank? Muss er noch Geschenke einpacken? Hat er mit Kirche nichts mehr am Hut? Stefanie mustert mich verstohlen von der Seite, während mich Malte wie immer frech angrinst. Also singe ich dieses Jahr alleine, ohne Yannis an meiner Seite. Aber alles andere als fröhlich.

Irgendwann versagt mir die Stimme, weil ich so traurig bin. „Es ist vorbei“, flüstert mir ein fieser Teufel zu, „sieh es doch endlich ein.“ – „Nein, ist es nicht“, entgegnet der hoffnungsfrohe Engel, „Yannis hat dich immer noch lieb.“ Und weil die Kerze in meiner Hand mit dem Weihnachtslicht so schön leuchtet, glaube ich auch fest daran.

„Yannis wollte nur kurz was erledigen, keine Ahnung, wo der so lange bleibt“, meint Malte beim Rausgehen, als wir alle anstehen, um dem Pfarrer „Frohe Weihnachten“ zu wünschen. „Aber du musst es ja wissen, ihr seht euch nachher sicher noch.“ Sagt es und ist in der Dunkelheit verschwunden. Lässt mich alleine stehen, mit meinen Tränen und meinen traurigen Gefühlen.

Nein, ich weiß es nicht. Ich weiß nicht, was mit Yannis los ist, und schon gar nicht weiß ich, welche Geheimnisse er vor mir hat. Hoffentlich nur Weihnachtsgeheimnisse ...

Die nächsten Stunden ziehen einfach so an mir vorbei. Ich kriege nicht mit, wie Mama von Papa ein funkelndes Swarowski-Schmuckset geschenkt bekommt. Ich bemerke nicht, wie sehr sich Leon über sein neues Skateboard freut. Ich flippe nicht vor Freude aus, als ich die lang ersehnte Samttunika auspacke, die Mama mir eigentlich wegen „zu teuer!" ausgeredet hatte. Ich schmecke nicht, dass das Käsefondue wie alle Jahre wieder mit zu viel Kirschwasser gewürzt wurde.

Ich denke nur an Yannis und daran, was er mir gleich sagt, wenn ich ihm sein Geschenk gebe.

Kurz nach neun Uhr halte ich es dann nicht mehr aus, schnappe meinen Daunenmantel und klingele nebenan bei Dietrichs. „Yannis ist nicht da", begrüßt mich Oliver erstaunt. „Ich dachte, du wärst auch dabei?! Die sind doch alle bei Antonio, Weihnachten feiern ..."
Feine Fonduegabelstiche in meinem Herzen.

Obwohl Gefühle auch stark von unserem Gehirn gesteuert werden, schmerzt bei Liebeskummer dein Herz, nicht dein Kopf. Deswegen kannst du einige Dinge tun, um es stark und heil zu machen:

- Hol dir deine Herz-Energie zurück, du kannst sie aus dir schöpfen. Lege deine Hand auf dein Herz und zähle langsam deinen

Herzschlag mit. Stelle dir vor, wie aus deinem Herzen langsam eine kraftvolle grüne Blume wächst und ihre Lebensenergie in deinen ganzen Körper verteilt: Arme, Hände, Beine, Füße ... überall landen kleine Energieballchen. Du bist stark!

- Herz-Malereien mit Farbe und Pinsel: Male dein Herz, wie es sich heute fühlt, zerfleddert, schlapp oder froh und stark und bunt. Male jeden Tag ein Herz-Bild. Wetten, es sieht immer anders aus?
- Kuschel-Herz: Nimm dein kleines Lieblings-Kuscheltier und halte es liebevoll in deiner Hand vor deinem Bauch. Streichele es, wiege es, tröste es – bald geht es dem Kuscheltier schon viel besser. Und dir auch?
- Suche dir einen Herz-Stein – im Park oder Strand oder am Flussufer – und trage ihn immer bei dir. Such dir einen aus, der zu dir passt und dir Trost spendet, wann immer du ihn berührst.
- Herz-Fruchtgummis schmecken lecker und machen gute Laune, Schokoherzen ebenso.

„Ja klar, ich weiß, ich ... ich hatte nur keine Lust“, beeile ich mich zu sagen. „Würdest du ihm das bitte von mir geben?“ Ich drücke dem verdutzten Yannis-Papa ein opulent eingepacktes Geschenk in die Hand, bringe gerade so ein „Fröhliche Feiertage noch“ heraus und drehe mich einfach auf dem Absatz um. Bloß weg hier, bloß alleine sein!

Oben auf meinem Bett heule ich zum hundertsten Mal hundert Liter Tränen. Wegen Weihnachten. Wegen Yannis. Wegen den anderen, weil sie mir einfach nicht Bescheid gesagt haben.

Wegen mir, weil ich so blöd bin und mir falsche Hoffnungen gemacht habe.

Am liebsten würde ich dann auch gar nicht mit zu Oma Doris zum traditionellen Weihnachtsessen am ersten Feiertag gehen, sondern mir einfach nur die Bettdecke über die Ohren ziehen. „Komm, Sina, ein bisschen Ablenkung tut dir sicher gut", meint meine Mutter aufmunternd, als sie mir am nächsten Morgen einen Milchshake ans Bett bringt. „Hier, trink das, damit du wenigstens etwas im Bauch hast."

Liebeskummer schlägt immer erst mal auf den Magen, dennoch solltest du so vernünftig sein und etwas zu dir nehmen – sonst macht nicht nur dein Herz schlapp, sondern auch noch dein ganzer Körper. Und den brauchst du ja! Also, auch wenn es nicht leicht ist: Trink etwas oder knabbere eine Reiswaffel, ab übermorgen wird wieder normal gegessen. Wärmflasche und Tee tun dir ebenso gut wie ein Entspannungsbad. Pass auf dich auf!

Wenn du deinen liebeskranken Körper verwöhnen willst, probiere folgenden Smoothie aus: Püriere ein Glas Milch mit einer Banane, 2 Esslöffeln Haferflocken und etwas Honig.

Dankbar nicke ich ihr zu, und als sie mir tröstend durchs Haar streichelt, kann ich nicht anders: Wie ein kleines Kind hänge ich mich in ihre Arme und heule schon wieder los, was das Zeug hält, dabei habe ich die ganze Nacht über nichts anderes gemacht. „Aber er hat mich doch lieb, hat er gesagt", stammele ich ein ums andere Mal. Zum Glück erspart mir Mama jegliche Fragen, sondern hält mich einfach nur fest. „Arme unglückliche Kleine", murmelt sie nur, während sie mir ein Taschentuch reicht.

„Das habe ich kommen sehen", meint Tante Irene später, als wir nach dem üppigen Mittagessen zum obligatorischen Weihnachtsspaziergang starten und ich mich bei ihr unterärmele. „Yannis ist einfach nicht der Typ für eine dauerhafte Beziehung."
„Wie meinst du das denn?", frage ich interessiert. Eigentlich verspüre ich keine große Lust, vor den Erwachsenen mein trauriges Gefühlsleben auszubreiten, aber ich lechze nach jeder Erklärung dafür, warum Yannis nicht mehr mit mir zusammen sein will.
„Na ja, er ... er wirkt so jung, so kindisch, so unreif", fährt Irene fort. „Im Gegensatz zu dir. Du weißt genau, was du willst, du bist schon viel weiter." Und dann versucht sie, mir zu erklären, warum Mädchen geistig wie körperlich einfach reifer sind als Jungs in unserem Alter. Nicht, weil wir das „bessere" Geschlecht wären, sondern, weil wir, rein biologisch gesehen, für den Erhalt unserer Spezies zuständig sind. Also wir „reifen" zwischen zehn und sechzehn so schnell, weil wir uns so schnell wie möglich vermehren sollen und demgemäß – als Mutter – dann auch verantwortungsbewusst sein müssen. Im Gegensatz zu den Jungs, die in dieser Zeit erst mal „auf der Jagd" sind und einfach langsamer sein dürfen.

Hallo, wir leben doch nicht mehr in der Steinzeit! Was will ich denn mit sechzehn mit einer eigenen Familie, ich bekomme mein Leben doch so schon nicht auf die Reihe?! Yannis war es doch, der unbedingt diesen Schritt weiter gehen wollte, nicht ich! Er hat mich doch fast dazu gedrängt, mit ihm zu schlafen.

„Aber ich wäre doch bereit, ihm die Zeit zu geben", sage ich verständnislos. „Solange die Gefühle stimmen ... Außerdem sind wir ja nach wie vor gute Freunde."

„Darum geht es nicht, oder? Du willst doch mehr von ihm, als ‚nur' seine Freundin zu sein, oder?" Plötzlich ist Onkel Ösi neben mir. Oder war er es die ganze Zeit über? Er ist jetzt stehen geblieben und schaut mich ernst an. „Sina, Mädel, im Ernst: Lass dich doch von dem nicht verarschen!"

Boah, was fällt dem ein! Der muss es ja wissen, er hatte nämlich vor Irene hundert Freundinnen. So krass muss ich mir das wirklich nicht anhören, ich weiß ganz genau, dass Yannis mich nicht verarscht. Obwohl, wenn ich da an gestern Abend denke ...

Ich schlucke abermals meine Tränen hinunter, weil ich spüre: Meine Lieblingstante und mein Lieblingsonkel haben recht. Nur: Wie soll ich das überleben?

„Am besten, du bastelst dir einen Anti-Yannis-Schutzschild", meint Irene, als ob sie meine Gedanken lesen könnte. „Du hüllst dich einfach in einen Kokon aus schwarzem Samt mit lauter kleinen Abwehrstacheln dran, damit er dich nicht mehr so verletzen kann." Sie streicht mir mit raschen Bewegungen über die Schultern, als ob sie gerade so einen Schutzschild installieren würde. „Liebeskummer ist der gemeinste Schmerz der Welt“, seufzt sie. „Aber ich weiß, dass du ihn überlebst.“

Klar überlebe ich. Die Frage ist nur: Wie?

Liebeskummer ist ein Auf und Ab der Gefühle: Tiefe Verzweiflung mischt sich mit Hoffnung, Wutanfälle und Frustattacken sind an der Tagesordnung. Gute Nachricht dabei: Die „Entliebungskurve“ führt dich dabei stetig nach oben und irgendwann hast du es geschafft. Die Dauer richtet sich nach der Intensität und Länge eurer Beziehung.

1. Trennung = Schock & Krise
2. Prinzip Hoffnung („Vielleicht haben wir noch eine Chance!“)
3. Wut im Bauch („Das lass ich mir nicht gefallen!“)
4. Frust („Ich Armes!“)
5. Bewusster Abschied („ICH trenne mich, nach MEINEN Regeln“)
6. Lust auf Neues („Mal gucken, wen ich so treffe ...“)

Vor allem habe ich nach dem Gespräch mit Irene erst mal eine gigantisch große Wut im Bauch. Warum hat Yannis mir verheimlicht, dass sie sich alle bei Antonio treffen? Und wer von meinen Freundinnen wusste davon? Weil ich ja solche Dinge nicht einfach auf mir sitzen lassen kann, gehe ich gleich, nachdem wir am Abend nach Hause gekommen sind, rüber zu Dietrichs. Mama meckert zwar, nach dem Motto „Jetzt lauf dem doch nicht so hinterher“, aber ich habe da etwas zu klären. Und vorher habe ich keine Ruhe. Also stürme ich an einer verblüfften Stefanie vorbei in Yannis' Zimmer, pfeffere die Tür zu und ziehe meinem Ex(?)freund die Kopfhörer von den Ohren.
„He, was soll das?“, ruft er empört. „Spinnst du?“

Tief durchatmen, Sina, keine Szene, ganz sachlich.

„Wieso hast du mir gestern Abend nicht Bescheid gesagt?“, frage ich ihn rundheraus und gucke ihm voll in die Augen. „Ich will dir dein Weihnachtsgeschenk bringen und stehe da wie eine Bekloppte.“
„Das war übrigens ganz süß von dir ...“, lenkt Yannis ein, klar, er kennt mich gut genug, um zu wissen, dass ich kurz vorm Austicken bin.
„Süß?“
„Na ja ...“ Yannis kommt einen Schritt zu mir, doch ich wehre seine Arme ab, die mich umarmen wollen. „Versteh doch, das war halt ganz spontan und du warst in der Kirche. Deine Eltern hätten das doch eh nicht erlaubt.“
„Ach ja? Das weißt du alles ganz genau?“, fauche ich ihn an. „Und deswegen kannst du mich nicht fragen, ob ich vielleicht

mitkommen will, um mit dir Weihnachten zu feiern?“ Und um mich vielleicht richtig mit dir zu versöhnen, füge ich in Gedanken hinzu.

Aber genau das ist es. Die einzige bittere Wahrheit. Er will mich
gar nicht mehr. Er will gar nicht wieder mit mir zusammen
sein. Die Erkenntnis trifft mich hart. Wieso habe ich mir bloß
falsche Hoffnungen gemacht?

Yannis steht da wie eingemeißelt und sagt keinen Ton. Stumm ziehe ich den Ring von meinem Finger und lege ihn auf seinen Schreibtisch – neben mein liebevoll gestaltetes Liebesgedichtebuch. „Den möchte ich nicht mehr“, sage ich leise, nicke Yannis noch ein letztes Mal zu und gehe, erhobenen Hauptes, ohne die Tür zu schlagen.
Unzählige Male bin ich diese Holztreppe schon gelaufen, heute gehe ich Stufe für Stufe langsam nach unten.

Es-ist-vor-bei.
Es-ist-vor-bei.
Es-ist-vor-bei.

Ich komme an der Wohnzimmertür vorbei und mein Blick trifft sich mit Stefanies, die im cremefarbenen Hausanzug auf der Couch mit einer Champagnerflöte lümmelt. Von Dr. Oliver Dietrich fehlt jede Spur, scheinbar hatte er wieder einen Notfall in der Klinik.
„Was, du willst schon gehen?“, ruft sie mir zu. „Nee, das lass ich nicht zu. Komm, trink einen Schluck mit.“

Ich schaue Stefanie schweigend an und sie schaut mich an. Sie weiß ganz genau, was los ist, denke ich, sie weiß, dass ihr Sohn ein Schlappschwanz ist, der sich nicht traut, dem Mädchen, dass er seit Ewigkeiten kennt, die Wahrheit zu sagen. Dass Schluss ist, dass er sie nicht mehr liebt.
Soll ich jetzt mit Stefanie etwa über Yannis reden? So von Frau zu Frau?
Obwohl ich eigentlich nur müde bin und allein sein will, bleibe ich und setze mich neben sie auf die Couch. Und während sie mir von Männern im Allgemeinen und von Yannis im Besonderen erzählt und auch nichts anderes sagt als Tante Irene heute Mittag, kapiere ich nur eins: Es tut gut, zu hören, dass ich mit meinem Liebeskummer nicht alleine bin.

Frauen und Mädchen brauchen einander! Auch wenn wir uns manchmal ganz schön anzicken können, ist es wichtig, dass du das Gespräch und den Austausch suchst: Deine Freundin ist wie du, nur anders! Und ältere Frauen können dich in manchen Situationen besonders gut trösten, weil sie all deine Gefühle kennen – eben weil sie das alles schon mal erlebt haben. Und warum solltest du nicht von ihrer Lebenserfahrung profitieren?!

Am Neujahrsmorgen wache ich auf, weil ich keine Tränen mehr habe. Ich fühle mich völlig ausgebrannt und leer, kein

Wunder, seit Tagen habe ich nichts anderes gemacht als zu weinen. Ich würde gerne mit jemandem über meine Probleme reden, irgendwie bin ich mir nicht sicher, ob das mit dem Ring das Richtige war, was ich getan habe. Vielleicht hätten wir ja doch eine Chance gehabt ...

Es ist vorbei. Schluss. Aus. Ende. Akzeptiere es doch endlich.

Bei Jolina anzurufen, traue ich mich nicht schon wieder, Julia kommt nicht infrage und Milli verbringt ihre Weihnachtsferien in Dubai, in irgend so einem Edel-Ressort, wo man sein eigenes Stelzenhaus in der Lagune hat. Inklusive fünf Bediensteten natürlich. Milli hat nie einen Hehl daraus gemacht, dass ihr das Luxus-Getue ihrer Eltern auf den Zeiger geht, aber in solchen Momenten beneide ich sie sehr. Wie gerne würde ich jetzt auch an so einem Traumstrand liegen und meine Sorgen vergessen! Stattdessen hocke ich in meinem Zimmer, höre endlos traurige Musik von Flugzeugen im Bauch und dass die geile Zeit vorbei ist, verliere mich im Nirwana, vor Frust und Langeweile fällt mir die Decke auf den Kopf. Vorgestern war ich zwar mit Kleo und Ambra spazieren, bei dem matschig-kalten Wetter sind zwei Stunden Power-Walken echt eine Herausforderung. Obwohl – ich möchte diesen Nachmittag nicht missen. Wir haben total lange miteinander geredet, Kleo ist einfach die beste. Obwohl sie noch nie einen Freund hatte, konnte sie gut verstehen, wie ich mich fühle. Weil sie nämlich weiß, wie das ist, wenn man plötzlich nicht mehr geliebt wird. Kleo hat mich beinahe gelobt dafür, dass ich ihm einfach den Ring zurückgegeben habe.

Trotzdem verstehe ich immer noch nicht, warum Yannis Schluss gemacht hat. Eigentlich hat ja nicht *er* Schluss gemacht, sondern *ich*, weil ich dieses Hin und Her und diese Verarsche nicht ertragen habe.

Wenn zwei Menschen nicht mehr miteinander klarkommen, sich nicht mehr lieben und sich nichts mehr zu sagen haben, ist das nicht immer leicht zu erklären. Manchmal gibt es handfeste, sachliche Gründe wie Untreue, Vertrauensbruch oder dass sich einer von euch in jemand anderen verliebt hat. Aber oft ist es auch so – und das siehst du leider erst im Rückblick! –, dass das Ende irgendwann seinen Anfang genommen, sich in den Alltag eingeschlichen hat: Kleine Missverständnisse, Streitereien, endlose Diskussionen über Kleinigkeiten sind meist ein Indiz dafür. Und irgendwann funktioniert die Beziehung nicht mehr, weil die Gefühle füreinander die Streitigkeiten nicht mehr auffangen können. Oder es gibt die Variante, wo sich zwei Menschen zwar nicht streiten, aber sich auf der anderen Seite auch einfach nichts mehr zu sagen haben. Menschen verändern sich (zum Glück!), du veränderst dich, dein Freund verändert sich. Manchmal passen dann zwei Lebensentwürfe einfach nicht mehr zusammen, so traurig das ist.

Für den, der Schluss macht, ist es nicht leicht: Lange Zeit schon trägt er sich mit dem Gedanken, sich zu trennen, überlegt hin und her. Für den, mit dem Schluss gemacht wird, ist es noch viel schlimmer: Plötzlich, scheinbar aus heiterem Himmel, muss er damit klarkommen. Hier ein paar Tipps zum fairen Beenden einer Beziehung:

- Sprich ehrlich und offen über deine Gefühle und Erwartungen, damit er weiß, woran er ist. Und zwar bitte persönlich und nicht via SMS oder E-Mail.

- Versuche herauszufinden, was an eurer Beziehung nicht stimmte. Eine sachliche Erklärung hilft manchmal ungemein.
- Steh zu deinen traurigen Gefühlen, aber mache ihm keine falschen Hoffnungen: Deine Liebe ist vorbei!
- Nur wenn du eure Trennung als Paar akzeptierst, könnt ihr auch Freunde bleiben (was ehrlicherweise unglaublich schwer ist).

Klar hätte ich mich letzte Nacht auch auf Jolinas Silvesterparty amüsieren können – wenn ich mich nicht leider, leider vor ein paar Tagen von meinem langjährigen Freund getrennt hätte. Ich dumme Kuh, was gehe ich auch dahin! War doch klar, dass ich Yannis begegne und wackelige Knie bekomme, wenn ich ihn wiedersehe. Der Blödmann tut dann auch so, als bemerke er mich nicht, ignoriert mich total und glotzt den anderen Weibern hinterher. Am liebsten hätte ich meinen Kirschsaft über ihm ausgeleert ...

Rachegefühle bei Liebeskummer sind ein Zeichen der Besserung, wenn auch dringend davon abzuraten ist, ihnen nachzugeben! Also bitte keine Zahnpasta auf dem Fahrrad, Dosenchampignons in der Jackentasche, Drohbriefe oder wüste Beschimpfungen in aller Öffentlichkeit! Wenn du Wut im Bauch hast, lass sie lieber an einem Sandsack oder Baumstumpf aus. Und wenn du dich ernsthaft rächen willst: Werde so stark und selbstbewusst wie nie!

Marco war auch da und hat sich prächtig mit so einer korpulenten Tussi amüsiert, die ich nicht kenne, aber die wohl auf unserer Schule ist. Voll fies, da traut er sich nicht, mit Milli richtig Schluss zu machen, und dann betrügt er sie einfach.

Muss ich jetzt Milli davon erzählen, dass Marco ihr nicht treu ist? Und dass er eher auf üppige Blondinen steht statt auf ihre knackige Figur? Klar, beschließe ich seufzend, Milli soll es ja mal besser gehen als mir.

Als es dann auf Mitternacht zuging und Yannis immer noch einen auf supermegacoolen Obermacker gemacht hat, wurde es mir zu blöd. Überall hatten sich Pärchen gebildet (Marco mit Blondie, Jolina mit so einem Ziegenbärtigen, zum Glück fehlte Julia wegen Grippe, sonst hätte sie sich garantiert Yannis geangelt ...); ich fühlte mich grässlich einsam. Ich bin dann einfach nach Hause gegangen, das musste ich mir nicht geben. Lauter knutschende Pärchen!

Alle haben einen Freund, nur ich nicht! ☹ ☹ ☹ ☹ ☹

„Erster Januar", lese ich auf meinem neuen Kalender, neues Jahr, neues Glück? Mir fällt ein, wie ich vor drei Jahren total happy war, weil mich Yannis in jener Silvesternacht zum ersten Mal geküsst hat. Ganz zart und vorsichtig, aber es war unser erster richtiger Kuss. Davor hatte er mir ja diesen peinlichen Knutschfleck gemacht! Irgendwann dann kam ich mit Yannis richtig zusammen ... Und irgendwann wurde alles so anders, so kompliziert zwischen uns. Missverständnisse, ständige Streitereien wegen Kleinkram, die Gefühle blieben irgendwo auf der Strecke. Seufzend stehe ich auf und krame in meiner Goodie-Kiste, ein Weihnachtsgeschenk von meiner lieben Kleo, die meinte, ich solle mich mal wieder auf meine Schokoladenseiten besinnen, statt ständig Nugatkugeln in mich reinzustopfen.

Bastele dir deine eigene Goodie-Kiste: Beklebe oder bemale einen Schuhkarton und dann packe alles rein, was dich tröstet und dir gute Laune macht. Zum Beispiel:

- Dein Lieblingsfoto von dir!
- Dein Herz – symbolisch natürlich! Aus Stein, Karton, Holz, zum Streicheln und Gut-darauf-Aufpassen.
- Dein alter Teddy – bester Freund aus Kindertagen und Kummer gewohnt.
- Dein Tagebuch – zum Von-der-Seele-Schreiben mit all deinen ganz geheimen Gedanken und Gefühlen.
- Lustig bedruckte Taschentücher – ein Luxus, aber für traurige Zeiten gelten mildernde Umstände.
- Dein Lieblingsspruch oder -zitat, ein besonderes Buch – ein paar Zeilen, die deinen Gefühlen entsprechen.
- Deine Lieblingssüßigkeit – Schokolade, Gummibärchen oder auch Salzstangen. Was du halt so brauchst.
- Deinen Goodie-Zettel – auf dem stehen all die Dinge, die du gut kannst und die andere an dir mögen. Lies ihn dir laut vor, wenn du down bist!

Ich bin stark und selbstbewusst!
Ich weiß, was ich will, und gebe meine Persönlichkeit nicht für irgendeinen Typ auf.
Ich lass mich nicht so schnell unterkriegen.
Mit meinem Lachen stecke ich alle anderen an!
Ich bin und bleibe ein Mathe-Genie.
Wenn meine Freundinnen Kummer haben, kann ich besonders gut zuhören.
Ich bin pünktlich und zuverlässig.
Meine Eltern können mir vertrauen.
Ich habe meine Pickel im Griff, nicht sie mich!
Ich kümmere mich um meinen kleinen Bruder, auch wenn er mich nervt.

Als ich in dem kleinen Fotoalbum herumblättere, das Kleo mit dazugepackt hat, entdecke ich ein Kinderfoto von mir und Yannis in der Hollywoodschaukel. Keine Ahnung, woher Kleo das hat, denn im Planschbeckenalter kannte ich sie damals noch nicht. Es zeigt mich im rot-weiß gepunkteten Bikini, wie ich gerade Yannis mit Würstchen füttere, und ihn im Bademantel, wie er lachend hineinbeißt. Stimmt, so war das immer bei uns, fällt mir auf: Ich habe etwas organisiert und Yannis hat immer nur den Mund aufgemacht und konsumiert. Und die Sache mit dem ersten Mal lief genauso: Wir wollten beide, aber er hat sich bedienen lassen. *Ich* habe mich gekümmert, *ich* bin bei der Frauenärztin gewesen, *ich* habe einen romantischen Abend eingefädelt ... und weil er diesmal nicht satt wurde, hat ihm das mit uns nicht mehr gefallen und er hat einfach Schluss gemacht.

Yannis hat trotzdem tausend Mal beteuert, dass es nichts mit unserem unglücklichen ersten Mal zu tun hat, zumal wir ja so jede Menge Spaß hatten und er mich richtig „toll“ fand.

Gedankenverloren starre ich auf das Foto. Dann stehe ich auf, hole meine Schere aus meiner Schreibtischschublade und zerschnippele das Bild Stück für Stück, sorgfältig und gründlich, wie es nun mal meine Art ist. Ich, Sina Rosenmüller, werde nie wieder einen Jungen mit Würstchen füttern. Und in einer Hollywoodschaukel schon mal gar nicht.

Drittes Kapitel, in dem Sina die Liebe von einer ganz anderen Seite kennenlernt

Oh Baby, Baby, balla balla

Der Winter findet in diesem Jahr ebenso wenig ein Ende wie meine Gefühlsgeschichte mit Yannis: Den ganzen Januar über schneit es wie bei Frau Holle, dann taut alles zu grauer Matsche, Ende Februar sinkt das Thermometer noch mal für vier Tage auf eine Rekordtiefe von minus acht Grad, danach schneit es wieder, dann wieder Tauwetter, kurzum: Die Welt um mich herum ist alles andere als bunt und fröhlich. Tagtäglich schleppe ich mich durch die Schule. Irgendwie überstehe ich die Klausuren, ernte trotz Mega-Liebeskummer ein ziemlich gutes Halbjahreszeugnis. Eine Woche vor Ostern packt mich dann noch eine ordentliche Erkältung, und obwohl ich nicht wie Leon mit 39 °C Fieber darniederliege, verschanze ich mich auf meinem Zimmer und denke zum hundertmillionsten Mal über mich und Yannis nach. Auch, wenn ich längst kapiert habe, dass zwischen uns Schluss ist und wir nie mehr die Freunde werden können, die wir einmal waren. Und auch, wenn ich die Enttäuschung berücksichtige und die Wut, die ich dann auf ihn hatte, habe ich ihn in einer Ecke meines Herzens irgendwie immer noch sehr lieb. Nach außen hin hat sich zwar alles normalisiert und wir reden auch wieder miteinander; alle denken, wir hätten im gegenseitigen Einvernehmen Schluss gemacht. Doch der Stich in meinem Herz verrät mir jedes Mal, wenn ich ihn sehe, dass es noch lange nicht vorbei ist ...

Richtig los geht es dagegen mit der Mathe-AG: Dank unserer Intensiv-Forschungen zum Thema Chip-Design haben wir gute Aussichten, den Wettbewerb zu gewinnen. Meint Herr Asselmeyer. Meine Wahrscheinlichkeitsrechnung sieht diesbezüglich zwar anders aus, aber damit stehe ich sowieso auf Kriegsfuß ... Außerdem habe ich es geschafft, wieder mit Kleo regelmäßig zum Basketballtraining zu gehen. „Come on, girl", hat die Leineweber erfreut gerufen und mir zum Dank gleich eine Hundertereinheit Skippings aufgedrückt. So langsam bekomme ich wieder meine alte athletische Sina-Figur zurück, was sich ganz gut anfühlt, weil ich ohne diese Nugat-Kilos viel beweglicher bin. Und ich habe Milli ins Gewissen geredet und ihr endlich (na ja, zum hundertsten Mal!) die Augen wegen Marco und dieser Tussi geöffnet, aber scheinbar will sie davon nichts wissen und sich gerne betrügen lassen. Sie ist der festen Überzeugung, dass sie allein nur mit Marco glücklich werden kann. Dann muss sie eben als Dauerprinzessin leben und auf den Erlösungskuss von ihrem Traumprinzen warten – mir wäre das zu blöd, echt!

Noch etwas habe ich gemacht: Ich war beim angesagtesten Friseur unserer Stadt – Bill. Der ist zwar hoffnungslos schwul und lispelt, wenn er spricht. Dafür erzählt er die witzigsten Transengeschichten, die du jemals gehört hast, und ist der

Stylingexperte schlechthin. Normalerweise habe ich ja echt was gegen Klischees und finde Vorurteile gegenüber Schwulen und Transen sexistisch und nicht pc. Aber bei Bill habe ich gelernt: Das Klischee lebt und ist *apselut* liebenswert (*apselut* ist seine Lieblingsvokabel!).

Ich habe mir von ihm einen *apselut* witzigen frechen Stufenhaarschnitt verpassen lassen. Mama hat ganz neidisch geguckt, weil sie sich auf ihre alten Tage so was nicht mehr traut. Lieber trägt sie einen blonden Langeweiler-Zopf, damit ihre grauen Strähnen darin nicht so auffallen.

Lust auf Neues? Prima, daran merkst du, dass du deinen Liebeskummer (fast) überwunden hast. Probiere aus, was dir gefällt und guttut, treffe neue Freunde, verändere deine Frisur, deinen Klamotten-Stil. Hier ein paar Tipps, was du außerdem tun kannst:

- Pflege deine Freundschaften! Jetzt bist du mal wieder dran, dich um deine Freundinnen zu kümmern.
- Mach mal Ferien! Auch alleine kannst du in einem Feriencamp Spaß haben und neue Leute kennenlernen.
- Organisiere eine rauschende Fete! Sag deinen Freunden, jeder soll einen dir unbekannten Bekannten mitbringen.
- Wenn du noch nirgends Mitglied bist: In einem Verein lernst du neue Leute und vor allem Gleichgesinnte kennen.

Die neueste Neuigkeit aber verkündet uns Frau Tuszynski gleich nach den Osterferien: Sie bekommt im September ein Baby!

Hätte ich mir ja eigentlich denken können, dass sie mit dem Blumenstein was am Brodeln hat und an Babys denkt.

Deswegen war sie damals bei der Alizadeh und hat sich checken lassen!

„Schluss mit Luxus-Dessous von *Patrizia*", lästere ich in der Pause ab, als wir vorm Ständchen herumlungern. „Jetzt sind Still-BHs in D-Cup und Strampelhöschen angesagt!"
„Also, ich finde das voll süß!", ruft Julia. „Ich hätte eines Tages auch gerne mal Kinder."

Klar, und ein Reihenhaus mit einer Ikea-Family-Card, einen Family-Van, Tupper- und Schmuckpartys bis zum Abwinken und einmal im Monat Kosmetikstunde bei Michelle. KOTZ!!!

„Ich weiß nicht", antwortet Milli bitter. „Toll ist das nur, wenn du auch Zeit hast, dich um sie zu kümmern." Damit spielt sie eindeutig auf ihre Situation an. Denn auch wenn die Eltern Kaiser königliche Urlaube zelebrieren, in Sachen Familie haben sie das Zepter abgegeben.
„Also, ich kriege mal keine", erklärt Kleo und beißt herzhaft in ihren Apfel, „damit das mal klar ist."
„Klar, dazu brauchst du ja auch erst mal einen Mann", ätzt Julia.
„Komm, lass stecken", mische ich mich ein. „Du schließlich auch."
„Bäh!" Sie streckt mir einfach die Zunge raus. „Und wenn ich schon einen habe, he?"
„Na, Nicolas ja wohl kaum", sagt Milli. „Doch nicht etwa ..."
„Yannis", hauche ich tonlos. Ein fetter Klumpen setzt sich in meinem Magen fest, ein fieser Schmerz, der nur wehtut, weh, weh, weh.

Oh no, nicht schon wieder Yannis und Julia, das ertrage ich nicht! Deswegen hat sie also Malte angebaggert, um sich wieder in die Nähe von Yannis zu schleimen. Deswegen hatte sie in letzter Zeit so gute Laune.

„Kannst du dir nicht mal einen anderen ausgucken?", kreische ich los. „Immer nur Yannis, Yannis, Yannis, als ob es keine anderen Jungs gäbe!"
„Pssst", macht Kleo und nickt verlegen Richtung Jungs, die so tun, als bekämen sie von unserem Gezicke nichts mit.
„Was ist denn mit dir los? Kannst du mal aufhören, dich wie verheiratet aufzuspielen? Zwischen euch ist doch längst Schluss, hast du das vergessen?!" Julia zuckt schnippisch mit den Schultern. „Ende, Aus, Fin, Fini ... seit Weihnachten, wenn ich mich nicht irre! Und jetzt haben wir ..." Sie blinzelt mir zu und checkt genüsslich das Display ihres Handys. „Mitte April. Voilà!"
Ich spüre, wie der Klumpen in meinem Bauch durch meinen ganzen Körper kriecht. Ist es wirklich schon so lange her, dass ich ohne Yannis bin?
„Komm, kriegt euch wieder ein", mischt sich jetzt Jolina ein, die die ganze Zeit über ganz blass dabeigestanden hat. „Das mit dem Baby ist doch viel wichtiger, oder?"
„Seit wann interessierst du dich denn für Babys?", will Kleo wissen. „Hast du da ein Problem, oder was?"
Wie Jolina jetzt zusammenzuckt und noch blasser wird, weiß ich: Sie hat eins. „Das ist nicht dein Ernst?!", flüstere ich und gucke sie entsetzt an. „Bist du dir sicher?" Ich muss mich erst mal auf die Ständchenbank setzen. Erst Julia und Yannis und dann Jolina mit einem Baby. Das ist zu viel für mich.

„Nee, bin ich nicht", beeilt sich Jolina zu sagen. „Aber ich bin seit zehn Tagen überfällig ..."

Ein unregelmäßiger Zyklus ist bei jungen Mädchen nichts Ungewöhnliches. Normalerweise dauert so ein Zyklus zwischen 21 und 35 Tagen, damit ist die Zeit zwischen dem ersten Tag der letzten Regel und dem ersten Tag der nächsten gemeint. In den ersten vierzehn Tagen reift das Ei in deinen Eierstöcken heran, irgendwann dann „springt" es in den Eileiter und wandert Richtung Gebärmutter. Die Zeit um deinen Eisprung herum sind deine fruchtbaren Tage, also bitte hier besonders gut aufpassen, wenn du mit einem Jungen zusammen bist! Das weibliche Ei ist zwar nur um die zwölf Stunden befruchtungsfähig, doch die Spermien können bis zu sieben Tage überleben und warten nur auf die passende Gelegenheit ... Wird die Eizelle im Eileiter direkt nach dem Eisprung befruchtet, wandert das befruchtete Ei innerhalb der nächsten vier Tage in die Gebärmutter und nistet sich dort in die vorbereitete Gebärmutterschleimhaut ein: Die Schwangerschaft beginnt. Die nicht befruchteten Eizellen (stecknadelkopfgroß) werden einfach resorbiert (also aufgelöst), die Gebärmutterschleimhaut wird bei der nächsten Periode abgestoßen. Für ein besseres Körpergefühl – und auch für deine Sicherheit! – ist es hilfreich, wenn du einen Zykluskalender führst. Notiere dir einfach immer den ersten Tag deiner Regel. Manche Mädchen und Frauen merken ihren Eisprung: ein leichtes Ziehen in den Eierstöcken, der Weißfluss ist flutschiger (= spermiendurchlässig!) als sonst, du hast vielleicht auch mehr sexuelle Lust. Aber bitte verlass dich niemals nur auf dein Gefühl: **Verhüte immer!** Mehr Infos über Liebe und Sex findest du unter **www.loveline.de** oder unter **www.sextra.de.**

„Dann mach doch erst mal einen Test, bevor du dich so verrückt machst! Wozu gibt es denn so was in jeder Apotheke?" Typisch Kleo, in solchen Dingen ist sie immer ganz pragmatisch unterwegs.

Einen Schwangerschaftstest bekommst du in jeder Apotheke und kostet zwischen 4 und 13 Euro. Das sind Teststäbchen, die das Schwangerschaftshormon nachweisen. Lies sorgfältig die Gebrauchsanleitung! Und dann: Am besten gleich morgens draufpinkeln (der Morgenurin ist am konzentriertesten) und das Testergebnis ablesen, dann hast du Gewissheit und musst dich nicht unnötig verrückt machen. Gerade wenn du dir unsicher bist, lohnt es sich, die paar Euros in einen Test zu investieren. Denn nur innerhalb der ersten zwölf Wochen nach der Empfängnis ist ein Schwangerschaftsabbruch möglich (rechtswidrig, aber nicht strafbar, wenn du eine Beratung nachweisen kannst). Du hast also nur relativ kurz Zeit, um dir darüber klar zu werden, wie du mit einer möglichen Schwangerschaft umgehen willst.

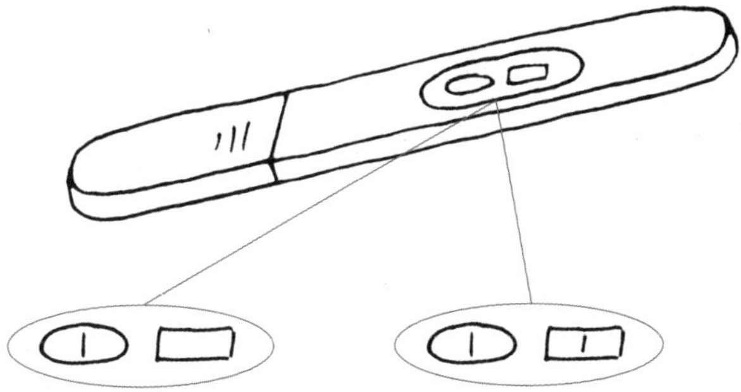

Das Ergebnis ist negativ, d. h., du bist nicht schwanger.

Das Ergebnis ist positiv, d. h., du bist schwanger.

„Wer ist es denn? Wie ist es denn passiert?“, fragt Julia ganz aufgeregt.
„*Wie* es passiert ist, willst du ja wohl nicht wirklich wissen“, entgegnet Jolina kühl. Plötzlich schlägt sie die Hände vors Gesicht und fängt an zu weinen. „Es war auf dieser beknackten Frühlingsanfangsfete im *Cielo“,* schnieft sie. „Malte war so gut drauf ... und ich ...“
„Oh Mann“, entfährt es mir. Erst macht er einen auf Beischlafberater bei Yannis und dann hat er es selbst nicht im Griff! Malte ist für seine Weibergeschichten hinreichend bekannt und Jolina und er hatten schon mal eine leidenschaftliche Affäre laufen. Bisher habe ich ihn allerdings für verantwortungsvoller gehalten.

Total unfair! immer haben wir Frauen den Stress mit der Verhütung oder mit dem Resultat aus mangelnder Verhütung. Wetten, dass Malte wegen seines One-Night-Stands mit Jolina keine schlaflosen Nächte hat, geschweige denn sich einem Freunde-Tribunal stellen muss?!

„Und nun?“ Vorsichtig streichele ich ihr über die Schulter. Arme Jolina! Mit ihren Jungsgeschichten und ihrem Tussigetue kann sie einem ja ganz schön auf den Zeiger gehen. Aber jetzt tut sie mir einfach nur leid.
„Dann gehst du halt zu so einer Beratungsstelle und lässt es wegmachen“, meint Milli lapidar. „Oder willst du das Kind etwa bekommen?“

In Beratungsstellen wie beispielsweise bei pro familia findest du im Falle einer ungewollten Schwangerschaft professionelle Hilfe. Die Mitarbeiter dort unterliegen der Schweigepflicht und helfen dir in einem ausführlichen Gespräch, eine eigenverantwortliche Entscheidung zu treffen: ob du das Kind austragen oder eine Abtreibung vornehmen lassen willst. Nach so einem Beratungsgespräch, zu dem du alleine oder in Begleitung erscheinen kannst, erhältst du einen Nachweis darüber und Adressen von Ärzten, die einen Schwangerschaftsabbruch vornehmen. Du alleine entscheidest dann, was passiert. Auf jeden Fall bist du mit deinem Problem nicht alleine und gemeinsam – mit Eltern, Freunden oder mit den professionellen Beratern – findest du sicher den richtigen Weg für dich.

„Moment mal, sie ist sich ja noch nicht einmal sicher ...“, wende ich ein.

„Was, du willst einfach so abtreiben?“ Kleo schaut entsetzt in die Runde. „Nee, das kannst du nicht bringen! Das ist doch ein kleiner Mensch!“ Sagt Kleo, die eigentlich keine Kinder haben will. Sie schüttelt energisch ihren Kopf, dass ihre kurzen blonden Locken nur so wippen.

„Du hättest halt besser aufpassen und verhüten müssen“, sagt Julia mit vorwurfsvoller Miene. „Oder hättest halt gleich die ‚Pille danach‘ genommen. Dann hättest du jetzt nicht diesen Schlamassel.“

Die „Pille danach“ ist ein Notfallmedikament und muss innerhalb der ersten 72 Stunden nach ungeschütztem Geschlechtsverkehr genommen werden, je eher, desto besser. Wende dich also im Zweifelsfall sofort an deinen Frauenarzt, am Wochenende an den notdiensthabenden (Frauen-)Arzt – in der Klinik gibt's nur doofe Fragen. Das mag peinlich sein, ist aber immer noch besser als eine ungewollte Schwangerschaft. Die „Pille danach“ verändert die Gebärmutterschleimhaut und verhindert das Einnisten einer befruchteten Eizelle. Die Blutung wird meist normal ausgelöst. Die „Pille danach“ ist heutzutage ein modernes, gut verträgliches Präparat, aber kein Ersatz für eine verantwortungsbewusste und regelmäßige Verhütung.

„Jetzt mal langsam, ja?“ Irgendwie komme ich mir vor wie in einem Teenie-Film. Haben die zu viel *Juno* geguckt? Jetzt müssen wir doch erst mal Jolina trösten, egal, was los ist, und egal, wie sie sich entscheidet. Noch ist ja auch noch gar nichts klar! Den restlichen Schultag verbringe ich damit, auf den Babybauch von der Tuszynski zu starren und mir zu überlegen, wie so ein kleines Baby darin wohl Platz hat. Und wie es wohl eines Tages aus einem rausflutscht. Ich meine, ich habe es nicht geschafft, Yannis in mich *rein*zulassen, wie soll da aus dieser Enge ein Baby *raus*kommen?

Während sich die befruchtete Eizelle in den ersten vier Wochen in der Gebärmutter einnistet, bilden sich ab der fünften Schwangerschaftswoche Gesicht und Organe heraus, das Herz beginnt zu schlagen und kann im Ultraschall als kleiner heller Fleck gesehen werden. Der Fötus ist bereits über die Nabelschnur fest mit der Mutter verbunden und bestens versorgt. Bis zur zwölften Schwangerschaftswoche bilden sich dann Gehirn, Körper und Gliedmaßen deutlich heraus, im Ultraschall sieht man spätestens um die zwanzigste Schwangerschaftswoche herum, ob es ein Mädchen oder ein Junge wird, weil sich dann erst die äußeren Geschlechtsmerkmale herausgebildet haben. Bis zur Geburt in der vierzigsten Schwangerschaftswoche wächst das Kind kontinuierlich.

Ab wann ist ein Mensch ein Mensch?

Als ich am späten Nachmittag abgehetzt und angenervt nach der Mathe-AG nach Hause komme und nur noch meine Ruhe vor einer honigkuchenlike grinsenden Julia haben will, die Yannis schmachtende Blicke hinterherwirft, sitzt Onkel Ösi bei uns am Küchentisch. Also nix chilling im Sofa und zappen, bis der süße Serien-Arzt kommt, da muss ich wohl in die Küche und Konversation machen. Scheiße.

„Na, wos is'?", fragt er. Und ich rieche sofort: Mein Lieblingsonkel hat schlechte Laune. Sehr schlechte Laune.

„Selber, wos is'", antworte ich keck. „Wo hast du denn deine Irene gelassen?" Sonst sind die beiden nämlich unzertrennlich wie diese Vögel.

Mama schickt mir einen stirngerunzelten Blick. „Die ist gerade spazieren", meint sie seufzend.

„Boah, ihr habt euch gestritten ..." Grinsend angele ich nach einem Erdbeertörtchen. „Und warum?"

„Wei ma kana Gfrasta wie di ham", entgegnet mein Onkel harsch und schiebt seinen vollgekrümelten Teller von sich.

„Ich dachte, man streitet immer, weil man Kinder *hat*", sage ich. So erlebe ich es zumindest bei meinen Eltern: ständig diese Diskussionen, wer was zu viel erlaubt oder zu wenig verbietet, wer Fahrdienst hat oder sich am Wochenende auf den Fußballplatz stellt ...

„Sina!", macht mich meine Mutter an.

„Stimmt doch", antworte ich patzig. „Du sagst doch auch immer: Ohne uns wäre es leichter und wegen deiner Kinder hättest du so einen schlaffen Bauch und müsstest ständig kochen, waschen, bügeln und könntest nicht mehr machen, was du willst ... und schon gar nicht arbeiten gehen." Das mit dem Wiedereinstieg als Zahnarzthelferin hat sie nämlich Leon zuliebe aufgesteckt.

„Jetzt reicht es aber!" Meine Mutter atmet tief durch, ein schlechtes Zeichen.

„Passt scho", meint Ösi grinsend, „Sina hat recht ... ohne Kinder ist es nix und mit Kindern ah net ..." Er sieht mich nachdenklich an. „I schau halt jetzt, wo meine Irene bleibt. Baba." Sagt es, nickt meiner Mutter noch einmal zu und ist nach draußen verschwunden.

„Was haben die denn?" Ich blicke ihm verwundert nach. „Die sind doch sonst immer so lieb zueinander!"

„Beim Thema Kinder nicht", meint meine Mutter seufzend. „Sie können nämlich keine bekommen und Irene würde gerne eins adoptieren. Nur ist deinem Onkel dieses Procedere viel zu aufwendig und anstrengend, kennst doch seine original wienerische Gemütlichkeit."

Leider gibt es viele Männer und Frauen, die unfruchtbar sind. Die Gründe hierfür sind verschieden: Folgeerscheinungen von schweren Krankheiten, starkem Rauchen, hormonelle Störungen oder genetische Defekte können die Qualität der Spermien bzw. den Eisprung stören oder eine Schwangerschaft negativ beeinflussen. Auch das Alter spielt eine wichtige Rolle, denn ab 35 sinkt die Bereitschaft des weiblichen Körpers für eine Schwangerschaft deutlich. Viele kinderlose Paare wenden sich daher an Kinderwunschkliniken oder adoptieren ein Kind.

Mama greift über den Küchentisch und drückt meine Hand. Ganz fest. „Egal, was ich in meiner Wut, in meinem Frust manchmal so sage. Ich bin irre froh, dass ich euch habe."
Irritiert schaue ich sie an. So eine Gefühlsdusche bin ich von Mama gar nicht gewohnt! Dass Irene und mein Onkel diesbezüglich ein Problem haben könnten, ist mir völlig neu und noch nie in den Sinn gekommen, Irene wirkt immer so ausgeglichen und froh! Außerdem arbeitet sie ja als Haushaltshilfe bei diesen Anwälten und hat mit deren Kindern Maja und Kajak genug zu tun.

Eigentlich würde ich jetzt auch gerne zu Irene gehen und sie trösten. Schließlich bin ich ihr PatenKIND.

Als Jolina am nächsten Morgen in der Schule immer noch so blass ist, ahne ich das Schlimmste. Doch wie sich in der kleinen Pause herausstellt, hat sie sich nicht getraut.
„Komm, du stellst dich doch sonst auch nicht so an", meint Kleo kopfschüttelnd. „Soll ich für dich in die Apotheke gehen und so einen Test besorgen?"
„Das ist es nicht", gesteht Jolina und zieht uns beide in die Ecke. „Ich habe längst einen. Nur – ich traue mich nicht draufzupinkeln."
„Das kann ich gut verstehen", sage ich spontan. „Das würde ich mich auch nicht." Ich gucke Jolina ratlos an. Erst erzählt sie mir was von wilden Reiterstellungen und auf was Jungs so stehen und dann vergisst sie einfach zu verhüten! Das Malte ein Hengst

ist, hat sich längst herumgesprochen. Aber ich denke mal, Schuldzuweisungen und Vorwürfe sind jetzt nicht angebracht.

Bei wildem Sex knipst sich der Verstand schon mal aus, das sollte jeder wissen und unbedingt vorher schlau sein: Verhüte IMMER!

„Weißt du, was?", schlägt Kleo vor. „Wir machen den Test heute Nachmittag bei mir, dann bist du mit dem Ergebnis wenigstens nicht alleine."
„Was?" Ich glaube, ich höre nicht richtig. „Und wenn deine Mutter etwas mitbekommt?"
„Die kriegt eh nichts mit, weil sie zurzeit Dauermigräne hat und meistens im verdunkelten Schlafzimmer liegt", sagt Kleo. „Seit ich ihr gesteckt habe, dass ich nach der Zehnten mit einer Ausbildung beginnen und ausziehen will, leidet sie ständig unter irgendwelchen schrecklichen Krankheiten. Außerdem", sie klopft Jolina aufmunternd auf die Schulter, „kann es ihr auch egal sein. Schließlich mache *ich* sie nicht zur Oma."
Das war das falsche Stichwort, denn prompt steigen Jolina wieder die Tränen in die Augen.
„Meine Mutter macht mir die Hölle heiß, wenn sie was davon erfährt", sagt sie. „Sie hat mir ja extra die Pille verboten ..."

???!!! Wo ist da die Logik? Meine Mutter hat sie mir extra verschreiben lassen, damit ich nicht schwanger werde. Und sie hat mir auch dazu geraten, sie weiterzunehmen, obwohl ich nicht mehr mit Yannis zusammen bin.
Für alle Fälle.

„Was, sie hat sie dir verboten? Wieso denn das?“, frage ich entsetzt.
„Weil sie nicht will, dass ich Jungen treffe.“ Jolina heult jetzt richtig los.
„Aber das kann sie dir doch nicht einfach verbieten ... außerdem bist du fast achtzehn!“, meint Kleo empört.

Wenn du sechzehn bist und aus frauenärztlicher Sicht nichts dagegen spricht, darfst du die Pille auch ohne Einverständnis deiner Eltern nehmen. Solange du minderjährig bist, haben die Eltern jedoch das Recht, dir den Umgang mit bestimmten Menschen zu verbieten. Und bist du noch unter vierzehn, darfst du nach dem Jugendschutzgesetz überhaupt keine sexuellen Handlungen ausführen.
Auch wenn deine Mutter zur Pilleneinnahme kein Einverständnis geben muss, solltest du dich in dieser Sache nach Möglichkeit um ein offenes Verhältnis zu ihr bemühen. Zeige ihr, dass du vernünftig und bereit bist, für dein Handeln Verantwortung zu übernehmen, dann muss sie einfach akzeptieren, dass aus ihrem kleinen Mädchen jetzt endgültig eine richtige Frau wird. Wenn sie in Sachen Frausein und Weiblichkeit deine beste Vertraute ist, laufen viele Themen wie Periode, Verhütung oder das erste Mal für dich entspannter. Wenn nicht, findest du vielleicht Ersatz bei einer älteren Freundin, einer Tante. Deine beste Freundin sollte natürlich auch immer ein offenes Ohr für deine Probleme haben. Unterstützt euch gegenseitig! Und wenn du mal nicht weiterweißt: Professionelle Hilfe findest du immer in Mädchencafés, bei pro familia, Caritas oder der Diakonie in deiner Stadt.

„Hey, beruhige dich, okay?“ Ich reiche Jolina ein Taschentuch. „Nachher machen wir diesen Test und dann sehen wir weiter. Egal, was passiert“, ich gucke dabei Kleo fest in die Augen, „wir lassen dich nicht im Stich.“

„Ihr seid süß“, schnieft Jolina, schon etwas ruhiger.

„Wenn sie wirklich schwanger ist, haben wir echt ein Problem“, wispert mir Kleo beim Reingehen zu. „Dann müssen wir sie zu so einer Beratungsstelle begleiten ...“

„Damit sie so einen Beratungsschein für eine Abtreibung bekommt und dann mit ihr ...?“ Entgeistert schaue ich Kleo an. Und dann wird mir wenigstens so schlecht wie Jolina.

Was hätte ich getan?, grübele ich den restlichen Vormittag, wenn ich von Yannis ein Kind erwartet hätte? Hätte ich mich getraut, meine Schwangerschaft offen auszutragen? Wie hätte ich das mit der Schule geregelt? Hätten mich meine Eltern dabei unterstützt? Mal ganz zu schweigen davon, was Yannis wohl dazu gesagt hätte, wo er doch sowieso so scheiße im Reden ist ... Abtreiben? Wen oder was hätte ich da abgetrieben, einen blutigen Zellklumpen oder ein winziges Menschenkind?! Lieber nicht daran denken oder noch viel besser: Lieber nichts riskieren!!

Die gute Nachricht des Tages: Sämtliche Sorgen haben sich unter Jolinas Pipistrahl in Nichts aufgelöst. Bange drei Minuten haben wir vor Kleinschmidts Klotür mit dem Stäbchen in der Hand gesessen, selbst Ambra hat Solidarität bewiesen und sich dazugelegt. Aber die Anzeige war negativ! Sicherheitshalber hat Kleo Jolina noch einen zweiten Test bepinkeln lassen, aber auch der zeigte in aller Deutlichkeit: Jolina ist nicht schwanger. Zur Feier des Tages hat uns Jolina dann auf einen XXL-Eisbecher bei Antonio eingeladen, wo man sich sehr über unseren neuen Kleeblatt-Auftritt gewundert hat. Ausgelassen haben wir Sahne und Schokoeis bis zum Platzen gelöffelt und Jolina musste bei Klosterstrafe schwören, dass sie von nun an die Pille nimmt, ich habe ihr gleich mal die Nummer von Dr. Alizadeh gegeben. Außerdem musste sie versprechen, Malte ins Gebet zu nehmen, schließlich ist auch er knapp einer Teenie-Vaterschaft entgangen. Vielleicht sollte er bei seiner Vielweiberei über eine Sterilisation nachdenken. Und über einen Aidstest!

Aids ist nicht allein eine Krankheit der Homosexuellen und Drogenabhängigen, sondern eine tödliche Gefahr für alle, die häufig ihre Partner wechseln und Geschlechtsverkehr ohne Kondom haben. Aids ist eine tödlich verlaufende Immunschwächekrankheit und führt zum völligen Zusammenbruch der körpereigenen Abwehrkräfte, weshalb dann die geringste Infektion wie ein Schnupfen tödlich sein kann. Der Erreger, das humane Immuninsuffizienz-Virus (HIV-1 und HIV-2), wird nur durch Körperflüssigkeiten wie zum Beispiel Blut (bei Injektionen oder Transfusionen), Sperma oder Scheidensekret beim Geschlechtsverkehr übertragen. Man kann mit HIV infiziert sein, ohne dass die Krankheit sofort zum Ausbruch kommt; dank moderner Medikamente schaffen das inzwischen immer mehr Infizierte.

In Deutschland sind derzeit rund 60.000 Menschen mit HIV infiziert; jährlich kommen immer mehr hinzu: Im Jahr 2007 wurden 2.752 Neuinfektionen registriert, etwa 500 Menschen sterben hierzulande jährlich an Aids.

Weltweit sind 33,2 Millionen Menschen mit HIV infiziert, 2007 sind rund 2,1 Millionen Menschen an Aids gestorben (nur zum Vergleich: Hamburg hat 1,7 Millionen Einwohner, München 1,3 Mio., Wien 1,6 Mio. und Zürich 1,1 Mio.). Betroffen sind vor allem Asien und Afrika; Hauptrisikogruppe stellen nach wie vor die Homosexuellen, da viele gerade in letzter Zeit auf „Safer Sex“ , also auf die Verwendung von Kondomen, verzichten.

Die schlechte Nachricht des Tages: Yannis ist mit Julia zusammen. Arm in Arm sind sie eng umschlungen am Eiscafé vorbeigelaufen, garantiert hat er seine neue Freundin in den Park zum Knutschen geführt, dem Langweiler fällt ja auch sonst nichts Besseres ein. Mit einem Eisklotzgefühl im Bauch habe ich den beiden traurig hinterhergeschaut, als sich Julia plötzlich umdrehte und mir zuzwinkerte, die doofe Kuh. „Ich hab ES mit ihm getan und du nicht, ätsch“, sollte das heißen.
Bis jetzt habe ich mich noch nicht wieder von diesem Schock erholen können.

Come on, come in, come out!

Ich liege im Bett und bin krank. Nicht wirklich schlimm, zum Glück, aber immerhin so doll, dass ich nicht aufstehen kann: Mein Kopf schmerzt, mein Herz flattert und mein Magen grummelt wie eine Murmelbahn. Mama ist ganz ratlos und selbst halb krank vor Sorge, weil ich so blass und schlapp bin. „Du bist doch sonst immer so fit", hat sie besorgt gesagt. „So kenne ich dich gar nicht!" Zum Glück konnte ich sie davon abhalten, mir einen Termin bei Dr. Gottstein zu verpassen, denn wenn ich tief in mich hineinspüre, weiß ich genau: Das kommt alles nur vom Stress.

Stress, weil ich neben Mathe-AG und Basketballtraining auch noch jede Menge Hausaufgaben zu bewältigen habe. Abend für Abend sitze ich stundenlang über irgendwelchen Deutschaufsätzen, Englischvokabeln und Geschichtszahlen. Und dann lerne ich auch noch mit Leon! Der hat nämlich im Gegensatz zu mir ein gigantisches Matheproblem und schafft vielleicht den Übertritt aufs

Gymnasium nicht. Mama ist ganz fertig deswegen, aber Papa hat sie getröstet und gemeint, *ein* Mathe-Genie in der Familie reicht. Also tue ich mein Bestes und versuche, Leon ein paar von meinen kalkulatorischen Fähigkeiten abzugeben, indem ich ihm dreimal in der Woche Nachhilfe erteile. Und auch wenn der olle Stinker dabei ganz schön stinkig ist: Die Zwei in der letzten Mathe-Arbeit hat er mir dankbar und freudestrahlend präsentiert.

Zudem habe ich *Stress* in meiner Klasse, weil die mich inzwischen alle für eine Streberin halten, nur weil ich bei „Jugend forscht" mitmache und fast überall eine Einserschülerin bin (außer in Französisch, diese Sprache werde ich wohl nie kapieren!). Dabei macht mir das alles großen Spaß! Und ich kann auch nichts Falsches daran finden, gut zu sein und mich dem Wettbewerb zu stellen. Die Tuszynski hat mich sogar für ein Sprachferien-Stipendium an einer australischen Schule vorgeschlagen, weshalb einige natürlich erst recht neidisch sind. Das liegt vor allem an Julia, blond und blöd wie Stroh. Seit sie mit Yannis geht, läuft sie wieder zu ihrer lästerlichen Höchstform auf, die blöde Mega-Zicke. Meine liebe Milli zieht sich immer mehr zurück und ist vor lauter Marco-Liebeskummer gar nicht mehr ansprechbar. Ich vermisse sehr unsere gemeinsamen Shopping- oder Wellness-Nachmittage und hoffe, sie erinnert sich eines Tages wieder an ihre einstige Freundin Sina. Einzig Jolina und Kleo stehen hinter mir, die Jungs halten sich aus unserem Weibergezicke sowieso raus. Im Gegenteil: Eher kommen sie mal an und wollen von mir abschreiben, weshalb Julia dann immer extra sauer ist, weil sie sich ja für die Tollste von allen hält.

Ich habe *Stress* mit Papa, weil er meint, ich wäre nur am Basketballspielen und Eisessen und nur auf meinen Spaß aus. Klar, er kriegt ja auch nicht mit, was ich für die Schule tue oder nicht, weil er den ganzen Tag nicht zu Hause ist und von Mama nur erzählt bekommt, dass ich ständig unterwegs bin und ihr nicht im Haushalt helfe. Dass ich mich im Unterricht beteilige und meine Aufgaben meist schon in der Schule erledigt habe, schnallen die nicht. Ohne meinen Sport als Ausgleich würde ich das doch alles nicht aushalten. Ich habe ja schon längst das Reiten und die Gitarre aufgegeben und Tanzen gehen ins *Cielo* wie die anderen darf ich sowieso nur selten. Aber seit Neuestem macht Papa mir die Hölle heiß von wegen Jobsuche und Berufsfindung, meint, ich solle mich mal kümmern, dabei habe ich doch noch so viel Zeit!

Komme mir vor wie eine Wellenreiterin, die nicht weiß, welches die richtige Welle für sie ist!

Dann habe ich *Stress* wegen dieser Babygeschichte, das hat mich alles doch sehr mitgenommen. Nicht auszudenken, wenn Jolina wirklich eine Abtreibung hätte machen müssen! Hätte sie es überhaupt getan? Hätte ich sie dabei unterstützt? Das Schlimmste daran finde ich, dass Irene und Onkel Ösi sich so sehr ein Kind wünschen und gar keins bekommen können. Und Jolina wollte gar keins, war aber total leichtsinnig unterwegs.

Den meisten *Stress* aber habe ich – wenn ich ganz, ganz ehrlich bin – mit der Tatsache, dass Yannis jetzt mit Julia zusammen ist. Genauer gesagt damit, dass es mit den beiden im Bett geklappt hat und mit uns damals nicht, weil ich mich so angestellt habe.

Habe ich mich wirklich angestellt? Oder war Yannis einfach nicht der Richtige für mich, fürs erste Mal? Muss ich mich als Versagerin fühlen oder war ich einfach nur noch nicht so weit?

Ich dachte ja, ich sei darüber hinweg – und doch muss ich jetzt zugeben: Es zieht mich immer noch ganz schön runter.

Burn-out durch Stress ist eine klassische Managerkrankheit, die leider auch bei Schülerinnen in deinem Alter vorkommen kann. Symptome wie Kopfschmerzen, Magenprobleme oder Kreislaufschwierigkeiten sind typisch und ein erstes Warnsignal für dich, dass du besser auf dich aufpassen musst.

- Überprüfe deinen Terminkalender: Muss das wirklich alles sein? Wo kannst du dich (noch) besser organisieren?
- Erledige regelmäßig (!) deine Hausaufgaben, plane regelmäßig Zeit fürs Lernen ein, dann hast du vor wichtigen Klausuren weniger Zeitdruck.
- Achte auf ausreichend Bewegung und eine ausgewogene Ernährung mit viel Obst und Gemüse. Trinke viel Wasser und Kräutertees.
- Lerne, Nein zu sagen! Auch Hilfsbereitschaft kann stressen. Nicht jeder freiwillige Job muss von dir erledigt, nicht jedes Problem im Freundeskreis von dir gelöst werden.
- Kummer und Sorgen dürfen dich nicht auffressen, lass sie raus! Rede darüber, schreib es dir von der Seele, achte auf ein glückliches Herz!

- Lege bewusst Ruhepausen zum Chillen ein – und definiere diese als solche. Schlafe nachts mindestens sieben Stunden.
- Schüßler-Salz No. 5: Kalium phosphoricum ist der wichtigste Mineralstoff für Nervensystem und Gehirn. In Stress- und Prüfungszeiten kannst du 3x täglich eine Tablette nehmen.

Und ordentlich *Stress* habe ich deswegen, weil ich ein Geheimnis kenne, dass ich lieber nicht gewusst hätte: Gestern habe ich Friederike aus meiner Klasse am Main getroffen. Dazu musst du wissen, dass Friederike bei uns in der Klasse nicht gerade beliebt ist. Und das hat nichts mit ihren fiesen Ekzemen zu tun! Deswegen hat sie allen eher leidgetan und die meisten von uns haben sich ernsthaft um sie bemüht. Seit sie in dieser Hautklinik war, ist das mit ihrer Neurodermitis immer besser geworden. Ich hatte sie sogar mal auf meine Geburtstagsparty eingeladen, in der Hoffnung, wir könnten ein bisschen befreundet sein. Nach wie vor bin ich auch die Einzige, mit der sie ab und zu mal redet. Auf Klassenfahrten sitzt sie ansonsten immer einsam und alleine mit ihrem iPod auf den Ohren, beim Sport hält sie sich zurück und höchstens mit Softeis-Antonio habe ich sie mal reden sehen.

Ich habe mich immer ein bisschen für sie verantwortlich gefühlt, weil ich niemanden von der Gemeinschaft ausschließen will.

Es ist auch nicht so, dass alle fies über Friederike ablästern und ihr das Leben zur Hölle machen (das machen sie zurzeit eher mit mir!). Vielmehr scheint es egal zu sein, dass sie da ist und was sie macht. Aber was ich gestern zufällig beim Radeln am Mainufer beobachtet habe, ist mir alles andere als egal: Friederike hat nämlich ein anderes Mädchen geküsst. Und das nicht mal eben so, wie ich meine Kleo abknutsche oder wir Mädels uns nach einem gewonnenen Basketballspiel umarmen, nein, das war ein richtiger intensiver Zungenkuss zwischen zwei Marsmädchen.

Das war seltsam und befremdlich und gleichzeitig sah es unglaublich romantisch aus.

Dummerweise hat mich Friederike entdeckt, doch ich war so durcheinander, dass ich in die Pedale getreten habe und so schnell wie möglich in die andere Richtung verschwunden bin. Und jetzt denke ich darüber nach, wie es sich wohl anfühlt, ein Mädchen zu küssen und zu streicheln. Könnte ja ganz praktisch sein, schließlich kennt eine Frau sich in den weiblichen Lustzonen bereits bestens aus und weiß, wo das Perlchen in der Schatzkiste versteckt ist.

Homosexualität ist in unserer Gesellschaft kein Tabuthema mehr, aber trotzdem noch lange nicht akzeptiert. Wenn Mädchen nur Mädchen und Jungs nur Jungs erotisch und sexuell anziehend finden, ist das für die meisten Menschen befremdlich „anders" und irritierend. Dabei ist es in der Pubertät völlig normal, verschiedene Formen der Sexualität auszuprobieren. Dazu gehört auch, mal mit einer Freundin rumzuschieben, wenn beiden danach ist. Doch nur, weil du vielleicht gerade lieber ein Mädchen küsst und streichelst anstatt einen Jungen, bedeutet das noch lange nicht, dass es immer so sein wird. Viele Schwule und Lesben werden sich allerdings bereits während der Pubertät bewusst, wie sehr sie sich vom eigenen Geschlecht angezogen fühlen.

Ich habe Kleo auch sehr lieb und sie ist (jetzt wieder!) meine beste Freundin. Aber ich könnte mir niemals vorstellen, mit ihr rumzufummeln, das törnt mich einfach nicht an. Oder Tante Irene, die ich von Herzen liebe, aber die eben einfach nur die Schwester meiner Mutter ist. Oder Leon, der alte Hosenscheißer, mit dem könnte ich doch nie was haben. (Außerdem ist körperliche Liebe zwischen Verwandten ja gar nicht erlaubt.) Und klar liebe ich Mama und Papa, aber das ist eine andere Form der Liebe. Nur Yannis, den habe ich mal auf diese sehr besondere Art sehr lieb gehabt.

Ich liege im Bett und grüble, was meinen klopfenden Kopfschmerzen nicht gerade zuträglich ist. Mama hat mir Pfefferminzöl zum Einreiben gebracht, das hilft ein bisschen, und als ich nach drei Stunden Tiefschlaf aufwache, fühle ich mich endlich besser.
„Da hat eine Friederike für dich angerufen", meint Mama, als ich mir unten in der Küche ein Glas Mineralwasser einschenke. „Sie klang ganz aufgelöst und hat es sehr dringend gemacht. Aber ich wollte dich nicht wecken."

Wusch!, da war es wieder, dieses Stressgefühl.

Ich nicke und kann mir schon denken, was Friederike wollte. Aber ich verspüre wenig Lust, mir schon wieder Kopfschmerzen machen zu lassen, und gehe lieber wieder eine Runde an den Main zum Radfahren. Das hat mir schon immer gutgetan, einfach am Wasser entlangradeln, bis ich keine Puste mehr habe und so ist es auch heute. Irgendwann stelle ich mein Fahrrad ab, setze mich auf einen Stein und gucke den vorbeifahrenden Frachtern zu, wie sie ihre gigantischen Bugwellen vor sich herschieben. Nachdenklich schmeiße ich kleine Stöckchen ins Wasser und lasse meine Gedanken einfach hinterherschwimmen. Als ich eine Ente auf der Flucht beobachte, die von einem Erpel bedrängt wird, spüre ich endgültig die klare Gewissheit, dass die Trennung von Yannis genau das Richtige war.

Ich habe nicht versagt! Ich war einfach nur noch nicht bereit dazu. Und nur, weil ich von einem Jungen enttäuscht worden bin, müssen ja nicht gleich alle doof sein. Na ja, wenn ich da an Marco, Juri und Sebastian aus meiner Klasse denke ... aber zum Glück gibt es ja noch 1.000 000 000 000 000 000 andere Jungs!!!!!!!!!!!!!!!!!!!

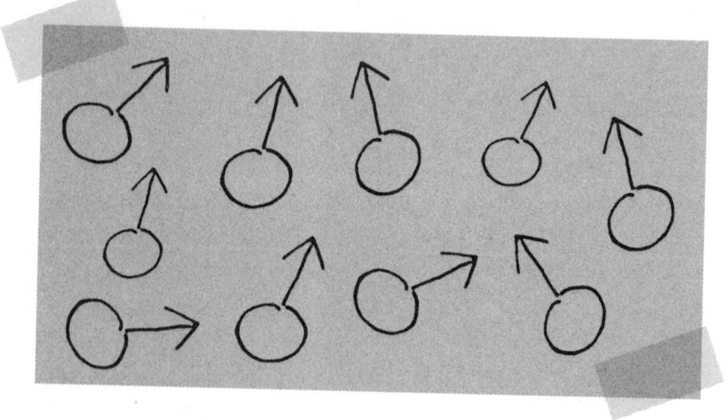

Froh und befreit komme ich zu Hause an, wo ich sofort Julias Fahrrad in Dietrichs Einfahrt erkenne. Ein Blick nach oben zu den zugezogenen Vorhängen sagt mir alles. Bevor sich das stechende Gefühl in meinem Bauch wieder breitmachen kann, atme ich tief durch. ES IST VORBEI, sage ich mir zum tausendsten Male, selbst wenn Yannis heute bei dir klingeln würde, du könntest gar nicht mehr mit ihm zusammen sein.

Stefanie, die damit beschäftigt ist, die weißen Kieselsteine am Weg zu reinigen, zwinkert mir nur grinsend zu. Ich versuche zurückzugrinsen, aber es gelingt mir nicht.

Als ich zur Haustür reinkomme, werde ich bereits von Mama erwartet. „Die hat schon wieder angerufen", sagt sie genervt. „Jetzt ruf doch halt mal zurück, sie klang nicht glücklich."

Also schnappe ich mir das Funkteil und setze mich auf die Terrasse, für Ende April zwar ziemlich gewagt, aber immerhin scheint heute seit Jahrhunderten mal wieder die Sonne.

„Sina, endlich!", ruft Friederike statt einer Begrüßung, als sie meine Stimme erkennt. „Ich muss dich unbedingt sprechen!"

„Deswegen rufe ich ja an", knurre ich. Ich kann mir schon denken, was sie sagen will.

„Nicht am Telefon", beeilt sie sich zu sagen, „da kann ich nicht so frei reden ..." Ich höre, wie sie eine Tür schließt. „Kannst du morgen Nachmittag am Anleger sein? So um drei?", fragt sie dann.

„Da habe ich eigentlich Mathe-AG", antworte ich. Gleichzeitig habe ich ja vorhin erst beschlossen, alles etwas langsamer, stressfreier angehen zu lassen. „Also gut", sage ich seufzend. „Um drei! Was gibt es denn so Wichtiges?"

„Als ob du dir das nicht denken könntest", meint Friederike aufgeregt. „Und bitte sprich mit niemandem darüber."
„Versprochen", sage ich. „Ich bleibe morgen sowieso noch zu Hause."
„Äh, stimmt ja, du bist ja krank ... sorry", stottert Friederike.
„Macht nichts, bis morgen dann", höre ich mich sagen und hänge ein. So aufgelöst, wie die klingt – dagegen ist mein Dauerstressgefühl wohl pillepalle.

Wie abgemacht, stehe ich am nächsten Tag zur vereinbarten Uhrzeit am Main. Es ist ein traumhaft schöner Frühlingstag und überall strömen die Menschen aus ihren Häusern, die ganze Promenade ist voll mit Skatern, Spaziergängern und Joggern. Hoffentlich kommen Kleo und Ambra nicht gleich hier vorbei!, bete ich innerlich, dabei habe ich gestern Kleo noch angerufen und ihr von Friederike erzählen müssen. Obwohl ich ja versprochen hatte, niemandem davon etwas zu sagen, musste ich einfach loswerden, was ich gesehen habe.

Schließlich bin ich kein Mülleimer, der ständig den Seelenmüll von anderen verklappen muss! Und schließlich ist Kleo nicht irgendjemand.

„Das dachte ich mir schon", hat Kleo nur knapp kommentiert, als ich ihr mehr oder weniger entsetzt erzählt habe, dass Friederike wohl auf Mädchen steht. „So, wie die immer rumläuft."
„Hast du sie nicht alle?", habe ich sie angemacht. „Seit wann sieht man jemandem an der Nasenspitze an, welches Sexleben er führt, hä?"

Warum jemand homosexuell wird, weiß man nicht genau: Manche Wissenschaftler meinen, man wird so geboren. Somit würde Homosexualität in den Genen liegen und vererbbar sein. Andere behaupten, dass gesellschaftliche und psychologische Umstände zu homosexuellem Verhalten führen. Einig sind sich die meisten Wissenschaftler aber darin, dass bereits vor der Pubertät unsere sexuelle Ausrichtung festgelegt wird und somit von uns und unserem Willen nicht beeinflussbar ist.

„Ist halt so", hat Kleo nur gesagt und dann das Thema gewechselt. Sie hat nämlich momentan ihre eigenen Sorgen. Ambra soll nämlich sterilisiert werden und Kleo weiß nicht, ob sie ihr das wirklich antun möchte. Andererseits: Was soll sie mit all den Hundebabys, die ihr womöglich ins Haus stehen?
Und weil ich ja etwas dazugelernt habe, habe ich meiner liebsten Kleo klipp und klar gesteckt, dass eine Sterilisation aus meiner Sicht das einzig Vernünftige sei, es aber wohl ihre Entscheidung ist und ich keine Lust habe, mir schon wieder das Thema Verhütung reinzuziehen. Worauf Kleo nur „wow" geantwortet hat, dann aber doch noch „unbedingt erzählen" musste, bevor sie aufgelegt hat, dass ihre Mutter seit Neuestem unter stressbedingtem Haarausfall leidet.
Verträumt blinzele ich in die warme Frühlingssonne, als mich jemand von hinten an die Schulter tippt.
„Danke, dass du gekommen bist." Friederike steht atemlos vor mir und grinst verlegen. „Gehen wir ein Stück?"
Ohne eine Antwort abzuwarten, marschiert sie einfach los.
„Es ist nicht einfach für mich, darüber zu sprechen", beginnt sie nach einer Weile leise. „Vor allem will ich nicht, dass es

jemand in der Schule erfährt." Sie guckt mich von der Seite an. „Ich kann mich doch auf dich verlassen, oder?"

„Klar kannst du das", antworte ich schnell. Und auf Kleo auch, füge ich in Gedanken hinzu. „Aber ich weiß nicht, warum du so ein großes Geheimnis daraus machst. Du küsst halt eben lieber Mädchen statt Jungs, das ist doch okay."

„Ist es eben nicht", sagt Friederike bitter. „Das weißt du genauso gut wie ich. Ich habe keine Lust, dass alle über mich, die Lesbe, lästern, ich habe schon Probleme genug."

> Sappho, eine Dichterin aus dem antiken Griecheland, lebte auf der Insel Lesbos und hat die Liebe zwischen Frauen in ihren Gedichten besungen. Hiervon leitet sich die Bezeichnung „lesbisch" für homosexuelle Frauen ab. Anders als in der Schwulenbewegung, sind Lesben verstärkt politisch aktiv, vor allem setzen sie sich für die Frauenrechte ein. Gesellschaftlich anerkannt sind Lesben inzwischen weitgehend und viele prominente Frauen bekennen sich dazu: Jil Sander, Jodie Forster, Anne Will ...

„Aber, hey, wenn du dir so sicher bist?! Und wenn es sich für dich gut anfühlt?! Bestimmt bist du nicht die Einzige an unserer Schule, die so tickt", wende ich ein. „Außerdem kannst du doch nicht dein ganzes Leben lang Verstecken spielen." Ich muss dabei an Bill denken, der seine Homosexualität so offen und unbekümmert auslebt, als sei es das Normalste der Welt.

„Ich weiß nicht ...", meint sie zweifelnd. „Wenn ich mir wirklich tausendprozentig sicher wäre. Aber für mich ist das ja auch alles noch neu. Auch wenn ich mit Mathilda schon seit einem halben Jahr sehr eng bin. Andererseits ... es wäre natürlich großartig, wenn wir Frauen kennenlernen würden, die auch so fühlen. Dann kämen wir uns nicht mehr so anders vor!"

Wenn sich das Gefühl in dir verfestigt (meistens erst um die 20), dass du homosexuell bist und du es deinen Freunden und Eltern mitteilen möchtest, spricht man vom **Coming-Out.** Mit viel Glück findest du offene Ohren und Verständnis, aber meistens reagiert das Umfeld erst mal mit Ablehnung. Klar, an den Gedanken, dass du „anders" leben willst, müssen sie sich noch gewöhnen, du hast ja auch deine Zeit gebraucht, um herauszufinden, was mit dir los ist. Wenn du dich reif genug für dein Coming-Out fühlst, lasse am besten einige Andeutungen fallen und fange bei Menschen an, denen du vertraust.

„Na ja, du musst es ja nicht gleich auf MySpace stellen", sage ich. „Aber wenn ihr seit fast einem halben Jahr ein Paar seid ..."
„Das ist alles so easy, so vertraut", sagt sie und lächelt versonnen. „Ich muss Mathilda überhaupt nichts erklären, das ist so schön."
Plötzlich sieht sie sehr glücklich aus. Dann guckt mich Friederike verschmitzt von der Seite an. „Eine Zeitlang habe ich gedacht, du wärst vielleicht auch ..."
„Was? Ich?", rufe ich verwundert.
„Jetzt tue nicht so. Auf der Klassenfahrt neulich hast du auch ganz viel mit Kleo gekuschelt und ich dachte, ihr beide habt da was am Laufen ..." Friederike zuckt mit den Schultern. „Wäre doch keine Katastrophe, sagst du doch selbst."

Wäre es schon, schießt es mir durch den Kopf. Dann wäre Frau Kleinschmidt endgültig reif für die Klapse.

Bisexualität (lat. Vorsilbe bi = zwei) meint die sexuelle Orientierung zu beiden Geschlechtern. Das ist nicht ungewöhnlich, die meisten Menschen fühlen sich zu beiderlei Geschlecht hingezogen. Doch richtigen sexuellen Kontakt zu sowohl dem einen als auch dem anderen Geschlecht haben nur wenige, in unserer Gesellschaft ist eine „monosexuelle" Norm üblich. Viele Künstlerinnen wie Madonna, Nelly Furtado, Angelina Jolie oder Anne Heche bekennen sich zu ihrer Bisexualität.

„Ein bisschen *bi* schadet nie, meinst du?" Ich schaue sie feixend an.
„Nee, ich nicht, da bin ich mir hundertpro sicher. So, wie ich nämlich bei Yannis gelitten habe ..." Und das erste Mal seit Wochen rede ich über meine verunglückte Beziehung mit Yannis, gestehe, dass ich innerlich dichtgemacht hatte und dass ich natürlich schon mal mit Kleo geknutscht habe, aber nur so aus Spaß, um auszuprobieren, wie das so ist. Damals waren wir allerdings zehn und hatten von Liebe, Sex und all dem noch keinen blassen Schimmer! Wir haben es nur unseren Meerschweinchen nachgemacht, die wir seinerzeit hatten und die sich ständig gegenseitig bestiegen haben. Wir haben auch immer Ehepaar gespielt und fanden das ganz kribbelig: Bei den Wörtern „schwul" und „Sex" mussten wir ständig albern rumkichern ...

Küssen mit der besten (oder irgendeiner) Freundin kommt schon mal vor und sollte dir nicht peinlich sein. In der Pubertät ist es völlig normal, dass du dich ausprobierst und prüfst, was zu dir passt. Es muss aber auch deiner Freundin gefallen und du darfst sie nicht bedrängen, umgekehrt natürlich auch nicht. Das gilt vor allem, wenn du tatsächlich Verliebtheitsgefühle für sie in dir trägst.

„Na, dann ist ja alles klar", meint Friederike und für eine Weile laufen wir schweigend nebeneinanderher. „Danke, dass du mir das alles erzählt hast", sagt sie dann. „Ich habe nicht viele Freundinnen, weißt du."

Ob du eine lesbische Beziehung suchst, dich mit One-Night-Stands vergnügst oder du Jungfrau bleibst bis sonst wohin: Du entscheidest, was normal für DICH ist und was nicht, vorausgesetzt, du machst dich mit deinem Handeln nicht strafbar. Und glücklicherweise ist Homosexualität in Europa längst nicht mehr „als Unzucht zwischen Männern" (von Frauen ganz zu schweigen!) gesetzeswidrig, im Gegenteil, die „Homo-Ehe" – im Gesetzesdeutsch *Lebenspartnerschaft* genannt – ist inzwischen in vielen Ländern möglich. In anderen Kulturen, vor allem im Islam, jedoch ist Homosexualität verboten und wird sogar strafrechtlich verfolgt.

„Lass es zu, lebe deine Liebe", sage ich Friederike zum Abschied und fühle mich dabei fast wie Tante Irene. „Dann sehen wir uns morgen in der Schule!"
„Vielleicht können wir uns ja mal alle treffen", schlägt sie vor und umärmelt mich. „Und mit Ambra spazieren gehen ..."
„Und auf die nächste Fete bringst du Mathilda mit", nuschele ich, während ich mich aus Friederikes Umarmung befreie. Jetzt, wo ich weiß, dass sie lesbisch ist, fühlt sich das irgendwie komisch an. Dabei habe ich gerade noch behauptet, das sei doch

alles ganz okay ... Mmmhhh, ganz so einfach ist es eben doch nicht.

Auf dem Heimweg mache ich noch einen Abstecher zu meinem neuesten Lieblingsfriseur Bill mit dem sexiest Hüftschwung in town, um zur Entspannung noch ein bisschen zu lachen und zu quatschen, wo ich doch heute meinen Offen-für-alles-Tag habe. Außerdem verrät er tolle Schminktipps und weiß immer, wo es die angesagtesten Klamotten gibt. Aber Bill hat Liebeskummer und ist deswegen überhaupt nicht gut drauf.

„Er hat mich betrogen, einfach so!“, erzählt er, während er meine Haare mit Zitronenmousse massiert. Obwohl ich ihn noch nicht so lange kenne, höre ich seiner Stimme an, dass er kurz vorm Losheulen ist. „Sascha ist so ein unbekümmertes Kerlchen, der denkt gar nicht darüber nach, was er mit so einem Seitensprung alles kaputt macht. Dabei wollte er mir treu sein, für immer!“

Treue ist eine Tugend und alles andere als von gestern, denn Verlässlichkeit, Vertrauen und Loyalität spielen im täglichen Leben eine sehr wichtige Rolle: Egal, ob du deiner Freundin, deiner Clique, deinem Freund treu bist, Treue beruht auf Gegenseitigkeit und bettet dich in ein sicheres soziales Gefüge. In unserer Kultur ist es außerdem üblich, nur einen festen Partner (und nicht mehrere gleichzeitig) zu haben; Ehepaare geloben sich deswegen gegenseitig Treue bis in den Tod und tauschen als Zeichen den Ehering.

„Hört sich an, als wärt ihr verheiratet!“, rutscht es mir raus. Ich kann mich nicht entscheiden, ob ich unter der sanften Massage wegdösen oder Bills tragischer Liebesgeschichte folgen soll. Sascha hat auf einer Fete mit einem anderen rumgemacht und Bill weiß jetzt nicht, wie weit sie tatsächlich gegangen sind und wenn, ob er überhaupt ein Kondom benutzt hat.

„Schließlich triffst du nicht alle Tage deinen Traummann!", sagt jetzt Bill in meine Gedanken hinein. Dann spült er mit einem tiefen Seufzer meine Haare aus und wickelt mir ein Handtuch um den Kopf. Seine sonst so strahlenden Augen blicken traurig und stumpf, er zupft mir noch nicht einmal wie sonst meinen Umhang zurecht.

„Wohl wahr", sage ich leise und muss dabei an Yannis und Julia denken. Immerhin hat er mich nicht mit ihr betrogen, sondern gewartet, bis mit uns Schluss war. Während Bill meinen Haaren neuen Schwung verleiht, erzähle ich ihm dann von meiner unglücklichen Liebesgeschichte und gebe ihm Tipps, was er alles gegen seinen Liebeskummer tun kann. Und bei dem Gedanken an ein verpflastertes Herz kann Bill dann doch endlich mal wieder lachen!

Frühlingserwachen

Wir schreiben den Wonnemonat Mai und um mich herum summt und brummt und brodelt es vor lauter Lebenslust und Liebe: Julia und Yannis strahlen vor Glück, dass man eine Sonnenbrille braucht, Kleo freut sich auf ihr neues Zimmer in einer WG, Friederike trägt seit Neuestem eine lila Herzchensteinkette und Jolina hat nach wie vor einen großen Männerverschleiß, nimmt aber brav die Pille und schützt sich zusätzlich mit Kondom. Ich frage mich, wie sie das hinkriegt, sie kann doch nicht jedes Mal verknallt sein, wenn sie mit einem Typ in die Kiste steigt. So oft könnte ich mich gar nicht verlieben!

Sex ohne Liebe, warum nicht? Aber viel schöner ist es natürlich, wenn du jemanden küsst, den du gut kennst und den du lieb hast, und wenn du weißt, dass es nicht nach einem Mal vorbei ist. Wir Menschen sind schon so gestrickt, dass wir gerne mit vollem Herzen lieben und nicht nur körperlich. Trotzdem: One-Night-Stands können auch mal Spaß machen und sind okay, wenn du vernünftig verhütest und dich vor Aids und Geschlechtskrankheiten schützt.

Nur Milli ist nicht ganz so fröhlich drauf, sie hat sich endgültig von Marco getrennt, genauer gesagt: er sich von ihr. Noch genauer: Die blonde Tussi steckt dahinter. Am genauesten: Der Kerl hat das einfach per SMS erledigt und sich nicht getraut, ihr direkt ins Gesicht zu sagen, was los ist: Mit uns ins Schluss – und das war's. Keine Begründung, keine Entschuldigung. Typisch, oder? Aber es scheint für Milli wie ein Befreiungsschlag zu sein: Endlich kommt auch sie wieder zum Basketballtraining, endlich ist sie auch wieder bei Antonio mit dabei, endlich habe ich wieder eine zweite beste Freundin.

Stichwort „Frühlingsgefühle": Weil die Tage im Frühling länger werden, muss unsere Zirbeldrüse nicht mehr so viele Schlafhormone (u.a. Melatonin) ausschütten. Folglich sind wir aktiver und bei Sonnenschein bestens gelaunt. Frühlingsgefühle, wie sie die Tiere in der Natur kennen, gibt es aber in unserer zivilisierten Gesellschaft nicht mehr, weil die Unterschiede der Jahreszeiten durch ausreichend Lebensmittel, Heizung und Licht nicht mehr so ins Gewicht fallen.

Scheinbar scheint die liebe Sonne auch den Jungs in unserer Klasse in die Hose: Seit Tagen hängen Juri und Sebastian kichernd über ihren Fotohandys wie Zwölfjährige, simsen sich die heftigsten Bilder von irgendwelchen nackten Mädchen zu, und wenn du ihnen zuhörst, ist jedes erste Wort Ficken, Bumsen oder Blasen, jedes zweite Wort Loch, Möse oder Fotze, jedes

dritte Fickritze, Lustgrotte, Spieldose, Nudeltasche oder Vögelkiste. Höchste Zeit, dass die eine Freundin kriegen und etwas einfühlsamer werden, mir geht dieses spätpubertäre Gelaber ziemlich auf den Keks.

Während Jungs ihren Penis ganz normal als Pimmel, Schwanz, Stengel oder Rohr bezeichnen, finden Mädchen für ihre Scheide nicht so viele Worte. ODER?! Ganz bestimmt fallen dir spontan für „Penis" viele andere gebräuchliche Bezeichnungen ein. Aber wie nennst du deine Scheide? Sagst du „da unten" oder „zwischen den Beinen"? Oder Muschi oder Mumu? Einfach nur Scheide?

Softeis-Antonio reagiert auch jedes Mal fett angenervt, wenn die Jungs so rumgrölen, er reißt nie blöde Sprüche und kriegt einen hochroten Kopf, wenn die Jungs ihm irgendwelche Bilder zeigen. Ich finde das mit den Fotos nicht ganz so witzig, neulich ist nämlich so ein Filmchen auch auf meinem Handy gelandet und ich war echt geschockt. Ich weiß ja noch von Yannis, wie so ein erigierter Penis aussieht, und kenne dank meiner Spiegelstudien auch meine eigene Scheide ziemlich gut.

Aber diese echt krasse Darstellung gefällt mir gar nicht und ich finde sie voll abtörnend.

Kleo war völlig geschockt und hat die ganze Zeit vor sich hin gemurmelt: „Dass es Frauen gibt, die sich für so was hergeben ..." Sooo schlimm finde ich das zwar nun auch wieder nicht, soll doch jeder machen, worauf er Bock hat. Nur macht mich das eben nicht an. Ich kann mir nicht vorstellen, Pornofilme gemeinsam mit meiner Freundin anzuschauen, so wie es die Jungs derzeit heimlich tun, wenn sie sich nachmittags irgendwo treffen.

Peinlich, peinlich, wenn diese leidenschaftlichen Bettszenen im Fernsehen kommen und Mama und Papa neben mir auf der Wohnzimmercouch sitzen! Unvorstellbar, dass ich mit Milli oder Kleo mir einen Porno reinziehe und auch noch Spaß dabei habe!

Pornografie (aus dem Altgriechischen *pórne* für Hure und *graphein* für malen, beschreiben) meint die direkte Darstellung von Sexualität: In aller Deutlichkeit kannst du zugucken, wie Frau und Mann zur Sache kommen, die Geschlechtsorgane werden in ihrer sexuellen Aktivität voll und ganz groß gezeigt, eine erzählerische Rahmenhandlung gibt es kaum. Das finden viele stimulierend, manche abstoßend, Feministinnen kämpfen gegen die erniedrigende Darstellung von Frauen in Pornos: Allzeit bereit und dem Mann zu Diensten, geht es eher um Lust und Spaß von Männern, nicht um den der Frau, die womöglich im Film sogar noch drei Männer gleichzeitig bedient. Inzwischen gibt es allerdings auch viele erotische Filme und „Heartcore"-Pornos für Frauen, in denen es nicht nur um das sinnfreie Rammeln geht. Zur Info: Kinder und Jugendliche unter 18 Jahren dürfen keine Pornos gucken!

Nach dem Stressanfall neulich habe ich inzwischen mein Leben wieder ganz gut auf die Reihe gekriegt. Das liegt vor allem daran, dass ich diese Mathe-AG gekündigt habe und jetzt nicht mehr die Pickel- und Pizzaausdünstungen dieser Freaks ertragen muss. Und der eine von ihnen bekommt garantiert noch vom vielen Vor-dem-Computer-Sitzen eine Steißbeinfistel! Dann lieber keine Lorbeeren bei „Jugend forscht", der Bundesforschungsminister wird es mir verzeihen und der Wissenschaftsstandort Deutschland deswegen nicht verblühen. Nicht wegen mir, Sina Rosenmüller mit den großen Füßen, die sich gerade wunderbar froh und leicht fühlt. Mit Papa und Mama habe ich die Vereinbarung getroffen, dass ich mich im Jahr vor dem Abitur intensiver um die Frage kümmern werde, welcher Beruf oder welches Studium für mich passen könnte. Da ich die Sache mit der Wahrscheinlichkeitsrechnung inzwischen doch geschnallt habe, kann ich vielleicht Risk Manager bei einer Versicherung werden. Irene hat mir so ein Coaching-Buch für Mädchen geschenkt, das hilft mir bestimmt weiter ... Sie ist ganz stolz auf mich, weil ich es geschafft habe, so positiv zu denken und mich nicht mehr von Yannis und Julia runterziehen lasse. „Alles hat seine Zeit, alles hat seinen Ort", hat sie nur leise lächelnd gesagt und mich ganz fest in ihre Arme gezogen. „Das ist für euch junge Mädchen nur so ver-

dammt schwer einzusehen, das war es für mich früher auch! Aber du bist auf dem richtigen Weg, höre nur auf deinen Bauch, spüre in dich hinein ...“ Außerdem gebe ich Leon keine Nachhilfestunden mehr. Mama hatte ein Einsehen und ihn bei der Schülerhilfe angemeldet, jetzt büffelt er fleißig und schafft es wahrscheinlich gerade so ins Gymi. So habe ich jetzt nachmittags wieder jede Menge Zeit, die ich mit Kleo und Ambra im Wald oder beim Basketball verbringe. Für heute steht eine extra Übungsrunde Dauerlauf auf dem Programm: Unsere Trainerin Frau Leineweber hat sich in den Kopf gesetzt, dass wir geschlossen beim nächsten Frauenlauf mitlaufen, und will uns bis dahin fit machen. „Das ist die beste Werbung für unseren Verein!“, meint sie. „Come on girls, das schaffen wir!“ Also joggen wir jetzt brav jeden Donnerstagabend mit ihr durch den Park, fünfzehn Mädchen und fünf Runden, die es in sich haben. Wenn mich Milli nicht gerade über ihre neuesten Schwärmereien zutextet – sie kann sich nicht zwischen Sebastian und Marvin aus der Parallelklasse entscheiden –, kann ich beim Laufen richtig abschalten.

Natürlich laufen wir in der Gruppe und keine alleine, darauf achtet die Leineweber streng. „Dass ihr mir ja nicht auf die Idee kommt, hier alleine herumzujoggen!", hat sie uns mehrfach eingebläut. „Ihr wisst ja, blöde Kerle gibt es überall!"

Saftey first! Auch wenn es kürzer ist oder du zu spät dran bist, gehe nie alleine im Dunkeln durch einen Park oder einen unbeleuchteten Weg. Zu deiner eigenen Sicherheit beachte folgende Regeln:

- Sag deinen Eltern, wo du bist, und halte dich an die vereinbarte Uhrzeit.
- Rufe an, wenn du dich verspätest, und habe dein Handy immer dabei.
- Steige nie zu Fremden ins Auto.
- Laufe nie alleine durch dunkle Parkanlagen oder Wege.
- Sorge für einen sicheren Heimweg: Gemeinsam mit deinen Freundinnen, lasst euch abwechselnd von euren Eltern abholen, vielleicht begleiten euch auch ein paar Jungs.
- Traue bei merkwürdigen Situationen deinem Gefühl!
- Ähnliches gilt auch für den virtuellen Raum: Wenn du ungeschützt im WWW surfst, setzt du dich ebenfalls der Gefahr im Dunkeln aus. Schlimmer noch: Wenn du zu viele Informationen über dich preisgibst (Name, Adresse, Fotos), läufst du Gefahr, auch physisch bedroht zu werden. Safe surfen!!!

Als ob sie ihn zur Abschreckung hinbestellt hätte, pflanzt sich plötzlich vor uns ein bärtiger Typ auf eine Bank und starrt uns hinterher. Als ich mich nach ihm umdrehe, sehe ich, wie er an seinem Hosenbund rumfriemelt.

„Wetten, der holt sein Ding raus?", meint Milli neben mir, die wohl das Gleiche beobachtet hat wie ich.

„Hä?" Ich weiß nicht, was sie meint, aber als wir in der nächsten Runde an ihm vorbeirennen, kapiere ich es: Der Typ holt sich gerade einen runter!

Mal ehrlich: Sonne zwischen den Beinen finde ich auch ganz schön prickelnd. Aber nur, weil ich gerade mal Lust habe, kann ich doch nicht in aller Öffentlichkeit rummachen! Das geht doch niemanden etwas an!!!

„Iiiih, wie eklig!", ruft Kleo und kommt schnaufend auf meine Höhe. „Was machen wir denn jetzt?"
Milli guckt sie erschrocken an. „Was willst du denn da machen?", keucht sie. „Schnell weiter natürlich. Und hoffen, dass er bei der nächsten Runde weg ist."
„Na, der kann doch nicht einfach so in der Öffentlichkeit rumwichsen, das ist sexuelle Belästigung", antwortet Kleo finster.

Wenn dir gegenüber jemand sexistische, auf dein Geschlecht bezogene Bemerkungen macht, beleidigende Handlungen vollzieht oder sich dir gar unerwünscht körperlich nähert, spricht man von sexueller Belästigung. Allerdings ist sexuelle Belästigung im rechtlichen Sinne keine Straftat und ist zu unterscheiden von sexuellem Missbrauch.

„Und, willst du den einfach von der Bank schubsen und höflich bitten, seine Hose wieder zu schließen?", frage ich erstaunt.
„Willst du dir das etwa gefallen lassen?" Kleo guckt mich entsetzt an. „Hey, das ist ein Exhibitionist, wer weiß, was der sonst noch so macht!"

„Einer, der in der Öffentlichkeit rumwichst, vergreift sich wenigstens nicht heimlich an kleinen Mädchen!“, unterstützt mich Milli.

Ein Exhibitionist ist jemand, der aus sexueller Lust seine Geschlechtsteile in Gegenwart anderer entblößt. Kommt öfters mal bei Jungs und Männern vor und nervt tierisch – wer will schon ständig Ständer sehen?! Meistens sind sie harmlos und tun dir nichts, dennoch kannst du denjenigen anzeigen, wenn du dich zu sehr belästigt fühlst.

„Weißt du's?!“ Kleo ist total in Rage. „Ich habe kein Bock drauf, ungefragt sein Lustobjekt zu sein!“
„Schon klar, ich ja auch nicht!“, sage ich. Gleich kommen wir wieder an ihm vorbei. „Was hast du vor?“
„Wenn wir uns alle demonstrativ vor ihn stellen und ihm zurufen, dass er einpacken und abhauen soll, lässt er uns in Ruhe.“
„Klingt, als hättest du da Erfahrung ...“, meint Milli, woraufhin Kleo sie düster anstarrt und nickt. „Was meinst du, wie froh ich bin, dass Ambra sonst immer dabei ist ...“
Als wir wieder kurz vor der Bank sind, spritzt der Kerl gerade ab, ich kann da gar nicht hingucken. Und dann geht alles blitzeschnell: Kleo schnappt mich links, Milli rechts, Billa fangen wir noch ein und dann rennen wir alle auf den Typ zu.
„Mach, dass du wegkommst, du Arschloch“, schreit Kleo schon von Weitem aus Leibeskräften.
„Hau ab, du Idiot!“, rufen wir im Chor und gehen, fest miteinander verkettet, auf ihn los. Der Typ springt auf und will wegrennen, was mit runtergelassener Hose nicht gerade einfach

ist. Er stolpert, rappelt sich wieder auf, kurz bevor Kleo bei ihm ist und ihm einen Tritt verpassen kann. So schnell er kann, zieht er sich die Hose wieder hoch und rennt davon.
„Wichser!“, schreit ihm Kleo wütend hinterher. „Lass dich hier nie wieder sehen!“
„Dem hast du es aber gegeben“, ruft die Leineweber, die hektisch angerannt kommt, anerkennend. „Ich habe das gar nicht mitbekommen, weil ich dahinten stehe und eure Zwischenzeiten stoppe. Aber als ich eure Schreie gehört habe …“ Kopfschüttelnd guckt sie zwischen uns hin und her. „Jetzt trainieren wir am helllichten Tag und ihr seid so viele … Davor kann ich euch leider nicht beschützen.“
Die Trainingsstunde ist natürlich gelaufen, weil der Wichser und Kleos couragierter Einsatz Gesprächsthema No. 1 ist. Plötzlich erzählt jede irgendeine Geschichte, an Milli hat sich mal einer in der Straßenbahn „gerieben“, Billa erzählt, wie neulich so ein Spanner im Mädchenklo war.

Voyeure erregt es, wenn sie anderen beim Ausziehen oder beim Sex zugucken, meist sind sie in Schwimmbädern, öffentlichen Toiletten oder auch in Umkleidekabinen anzutreffen. Spanner sind lästig und eklig, niemand will gerne eine unfreiwillige Wichsvorlage sein. Und doch gibt es eine halbwegs gute Nachricht dabei: Sie vergreifen sich meistens nicht an Frauen, sondern „genießen“ aus der Distanz.

Immer wieder muss ich meine beste Freundin von der Seite her angucken. Sie hat mir nie erzählt, was ihr da alles passiert ist. War es nicht so schlimm? Oder war es schlimmer?

Ich glaube nicht, dass ich sie darauf ansprechen werde. Entweder erzählt sie mir das oder nicht. Ich bin froh, dass Kleo wieder einigermaßen normal und fröhlich drauf ist und die Sache mit ihrer Esserei in den Griff bekommen hat. Ohne Therapie. Irgendwann wird sie mir ihre Geschichte erzählen, das weiß ich.

„Höchste Zeit für einen Selbstverteidigungskurs", schlägt die Leineweber vor. „Oder?"
Worauf wir völlig aus dem Häuschen geraten. Als ob das so ein toller Anlass wäre! Aber Milli ist gleich dabei, das „kleine" Ferienhaus ihrer Eltern am Bodensee zu buchen. „Das ist der ideale Kursort", meint sie. „Vier Bäder, Tennisplatz, Sauna und ein Pool, da können wir trainieren bis zum Abwinken."
„Wenn deine Eltern nichts dagegen haben", sagt die Leineweber. „Meine Freundin ist Polizistin und ist sicher gerne bereit, euch die nötigen Handgriffe zu zeigen. Organisiert ihr das Wochenende? Dann kümmere ich mich um die finanzielle Unterstützung und einen Bus!"

Mit einem Kurs in Selbstverteidigung stärkst du dein Selbstbewusstsein und lernst die nötigen Techniken, um dich im Ernstfall zu wehren. Frag doch mal, wer von deinen Freundinnen Lust hat mitzumachen. Kurse werden bei der VHS, den Sportvereinen oder in Jugendhäusern angeboten.

- Keine aufreizende Kleidung. Natürlich darfst du anziehen, was dir gefällt. Aber ein tief ausgeschnittenes Dekolleté setzt manchmal einfach das falsche Zeichen.
- Trainiere deinen selbstsicheren Auftritt, wann immer es geht:

Mit beiden Beinen auf dem Boden stehen, entschlossen der Jungsgruppe auf dem Bürgersteig entgegentreten, Augenkontakt mit der blöden Kassiererin im Supermarkt. Du bist kein Opfer, du bist stark!

- Zeige deine Gefühle: Wut, Ärger, Frust ... lass sie raus, lebe sie (aber lerne auch, damit umzugehen).
- Lerne Nein sagen! Übe es mit einer Freundin oder vor dem Spiegel. Sage es so laut wie möglich, damit es nicht wie ein Ja klingt!
- Nur weil du ein Mädchen bist, bist du nicht automatisch schuldig oder schwach oder klein. Wehre dich, trau dich was!
- Wenn dich einer gegen deinen Willen anfasst: Schlage, kratze, beiße und schreie so laut du kannst.
- Lass dir nichts gefallen und übe schon mal bei „Kleinigkeiten“: Der unfreundliche Busfahrer, der dir die Tür vor der Nase zumacht, die ungerechte Lehrerin, die dich auf dem Kieker hat, dein hinterlistiger Bruder, der dich auflaufen lässt: Wehre dich!
- Wenn es sein muss: Gehe zur Polizei und erstatte Anzeige.

Bevor unser Trainingswochenende startet, müssen wir erst mal den obligatorischen Klassenausflug über uns ergehen lassen. Da die Tuszynski aus aktuellem Anlass ihrer Schwangerschaft zur Frischluftfanatikerin mutiert ist, hat sie uns eine Mainfahrt mit so einem Ausflugsdampfer vorgeschlagen. Weil wir das immer noch besser finden als Taunus-Therme oder Freizeitpark, waren wir einstimmig dafür. Bei bestem Wetter hängen wir jetzt alle Mann an Deck ab und lassen uns die Sonne auf die Nase scheinen. Alle haben gute Laune, Friederike wirkt seit unserem Gespräch neulich total befreit und singt ständig vor sich hin. Die Glückliche!

„Komm, zieh doch auch dein Shirt aus“, meint Jolina, die sich im Bikinioberteil auf einer Bank rekelt. „Was brauchen wir eine Luxuskreuzfahrt, wenn wir das hier haben!“
„Nee, lass mal gut sein!“ Ich habe keine Lust, mich von den Jungs in unserer Klasse begaffen zu lassen. Aber Jolina ist da sichtlich unempfindlicher als ich, sie hat sogar ein Filmchen von sich in MySpace gestellt. Da rekelt sie sich ziemlich knapp bekleidet auf ihrem Sofa und zeigt sich von ihren schönsten Seiten. Spätestens seit der Sache im Park finde ich das völlig unverständlich. Wie kann sie sich nur freiwillig zur Wichsvorlage für irgendwelche Kerle machen?

Selbstbestätigung durch Selbstdarstellung? Im WWW ist vieles anonym möglich, nur mach dir klar: Alle können deinen tollen Body sehen, deine Unterwäsche, deine hübsche Nase – aber niemand interessiert sich für deine Hobbys, deinen Charakter, für dich! Lass dich von niemandem auf dein Äußeres reduzieren, du hast innere Werte, persönliche Qualitäten, auf die kommt es an.

Stirnrunzelnd gucke ich auf ihr pralles Körbchen und checke meinen BH. Okay, kann sich sehen lassen, nur habe ich heute Morgen natürlich keinen Bikini angezogen, sondern ein normales Top. Dafür habe ich Sonnencreme eingesteckt, die ich jetzt großzügig an meine Freundinnen verteile, auch an Friederike.
„Danke, du bist ein Schatz!“, ruft Kleo, die wie immer in ihren schwarzen Klamotten steckt und sich garantiert tierisch einen abschwitzt.
„Hey, Mädels, was geht ab?!“ Sebastian, der alte Angeber, pflanzt sich neben Kleo. „Soll ich dir den Rücken eincremen?“

„Coole Idee“, meint Kleo grinsend. „Aber Melanie holt sich viel eher einen Sonnenbrand als ich“, sagt sie und deutet auf unsere gut entwickelte Klassenkameradin, die heute ein rückenfreies Shirt mit einem tiefen Dekolleté trägt.
„Iiih, spinnst du? Für diesen Fleischberg reicht deine Creme nie im Leben“, antwortet Sebastian entsetzt und guckt jetzt Kleo schmachtend an.
Hallo, was haben die Jungs denn nur? Das ist doch ein abgekartetes Spiel? So, wie Juri und Marco nämlich rumkichern, haben die jede Wette eine Wette laufen. Ich vermute, es geht darum, ob Sebastian es schafft, an Kleo heranzukommen.
Zum Glück ist meine Kleo nicht so dämlich wie Melanie, die sich alles gefallen lässt, und ignoriert einfach sein Gelaber, woraufhin Sebastian total beleidigt tut. Ob er wirklich was von Kleo will? Ich beschließe, die Sache im Auge zu behalten. Dösend aneinandergekuschelt chillen wir für die nächste Stunde auf den Bänken herum und kriegen nichts mit von dem, was der Kapitän über den Lautsprecher erklärt von wegen Staustufe, denkmalgeschützte Burg oder Naturschutzgebiet.
„Hey, wusstest du, Softeis hat voll den kleinen Schwanz“, höre ich plötzlich Marco drei Reihen hinter mir ganz aufgeregt mit Juri tuscheln. „Und nur ein Ei! Habe ich gerade aufm Klo gesehen.“
„Ist er deswegen schwul?“, mischt sich Sebastian ein, während er Kleo weiterhin schmachtende Blicke zuwirft, die sie mit hochrotem Kopf ignoriert.
„Quatsch, der doch nicht“, erwidert Juri. „Softeis steht auf Mädchen, das weiß doch jeder, ist schließlich ein Italiener.“
„Mit so ’nem Dingelchen ...“, kichert Marco, „ist er ja wohl nicht gerade der Bringer.“

„Aber du, was?“ Das ist die Stimme von Milli, die mit hochrotem Kopf einem noch röteren Marco gerade die Meinung geigt. Genüsslich richte ich mich auf. Yeah, das ist ja besser als in jeder Soap!
Unwillkürlich suchen meine Augen nach Yannis, der die ganze Zeit über mit Julia rumknutscht. Als der, neugierig, wie er nun mal ist, mit verwuschelten Haaren aus der Liege auftaucht, treffen sich unsere Blicke.

Deiner war genau richtig, denke ich versonnen. Ich habe zwar einen Hang für Mathematik und Zahlen, aber auf die Idee, Yannis bestes Stück zu vermessen, bin ich nie gekommen … Er fühlte sich nur einfach immer ganz lecker an.

„Kinder, jetzt habt euch doch lieb“, meint Jolina grinsend. „Habt ihr in Bio nicht aufgepasst? Wenn sie geil sind, sehen sie doch alle gleich aus!“

Wenn es um die Größe ihres Penis geht, können Jungs ganz schön Stress haben. Ähnlich wie Mädchen sich mit ihrem Busen und seiner Form (Apfel? Birne? Melone?) beschäftigen, messen Jungs die Länge und den Durchschnitt ihres Penis. Und vergleichen sich, nach dem Motto „Wer den längsten hat, ist der coolste Typ!“ Dabei haben Schwänze im erregten Zustand mehr oder weniger die gleiche Länge. Außerdem ist ein langer Penis noch lange keine Garantie für sexuelle Befriedigung. Für alle, die es genauer wissen wollen: Im Ruhezustand und bei warmer Temperatur ist der (ausgewachsene) Penis bei den meisten Männern zwischen 7 und 10 cm lang. Im erigierten Zustand ist der (ausgewachsene) Penis zwischen 12 und 18 cm lang, der Durchschnittswert beträgt 14,48 cm Länge bei einem Durchmesser von 3,95 cm.

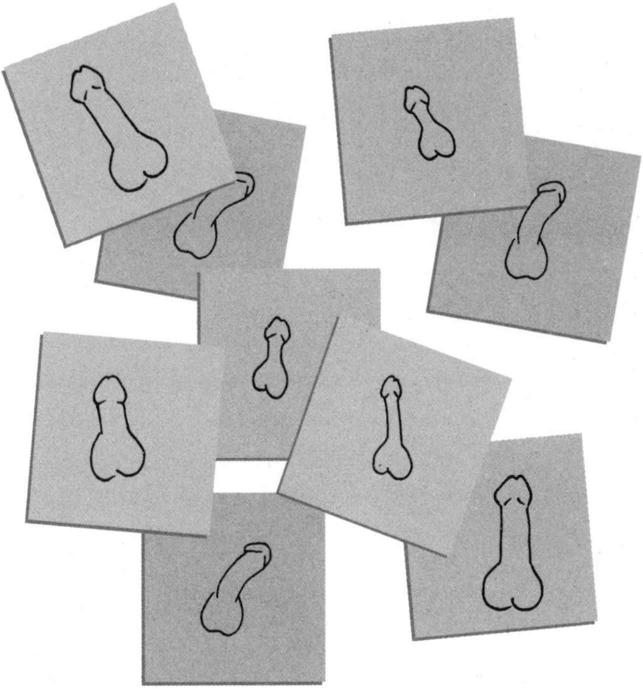

„Als ob es darauf ankäme", macht Kleo mit einer eindeutigen Geste. „Also, wichtiger ist doch, was in der Birne steckt."
Ich sehe Jolina an, dass sie gerne etwas darauf erwidern würde, doch glücklicherweise verkneift sie sich jeden Kommentar. Dankbar grinse ich sie an, wälze mich von der Bank und stelle mich an die Reling.

„Könnt ihr mal mit dem Gelaber aufhören, das ist doch peinlich“, sagt Julia. „Voll der Kindergarten. Komm, Yannis, wir gehen nach vorne.“ Sie steht auf und zieht meinen verdutzten Exfreund mit sich. Aber der befreit sich lässig aus ihren Händen. „Nö, lass mal, ich will hier oben bleiben“, meint er. „Ist so schön hier.“ Dabei grinst er mich total süß an und es gibt mir einen flattrigen Stich in mein Herz.

Es ist vorbei, vorbei, vorbei, hämmert es. Aber die Sonne lässt meine Gefühle tanzen und macht mich ganz kribbelig.

„Dann eben nicht!“ Julia zischt beleidigt ab, während Yannis sich jetzt einfach neben mich stellt. Für eine Weile stehen wir schweigend nebeneinander. Das Schiff schaukelt sanft über die Wellen, immer wieder berühren sich dabei unsere Schultern. Trotz des Fahrtwindes rieche ich den vertrauten Yannis-Geruch, spüre seine Wärme. Ich schließe die Augen und atme tief durch.

Dieses Gefühl nach Hollywoodschaukel werde ich mein Leben lang nicht vergessen, so wahr ich Sina Rosenmüller heiße.

„Oh, oh“, höre ich Jolina nur sagen und Kleo zieht sich die Sonnenbrille tiefer ins Gesicht. Sebastian sitzt inzwischen ganz dicht neben ihr.
Ich merke, dass Yannis mich ansieht, und schaue ihn ebenfalls an. Irgendetwas will er mir sagen, aber natürlich – wen wundert's – bringt Stockfisch Yannis wieder mal kein passendes Wort heraus. Wie schön wäre es, wieder wie früher mit ihm rum-

zualbern, rumzuknutschen, wieder einen Freund zu haben ... Eine Sekunde lang zögere ich, dann ist der Moment vorbei. „Julia hat recht, das hier ist total dämlich“, höre ich mich sagen, während ich mich energisch abwende. „Ich gehe auch nach vorne.“

Fettes No: Egal, wo und wie die Liebe hinfällt, knutschen mit dem Freund deiner Freundin geht nicht. Das ist ein absolutes Tabu.

Vorne am Bug steht Julia neben der Tuszynski und unterhält sich mit ihr über Babynamen. Ich tue so, als interessiere mich ebenfalls, ob da jetzt eine Laura, Lara oder Leila herausschlüpft, bin in Wirklichkeit aber immer noch mit meinen Gedanken oben an Deck.

Wollte Yannis mich wirklich wieder anbaggern?! Hat er das von Malte gelernt, oder was? Wollte der mich verarschen? Oder hat die liebe Sonne unseren Jungs das Hirn ausgebrannt? Die mit ihren Pimmeln und Titten und sexistischen Sprüchen bringen mich ganz durcheinander, das lass ich mir nicht gefallen.

„Alles klar, Sina?“, fragt mich die Tuszynski. „Du bist so blass?“ „Schon okay“, beeile ich mich zu sagen. Ich bin mir sicher, ich habe einen hochroten Kopf dabei. „Da oben ist es nur so heiß!“ Julia nickt. „Hier trink mal ’nen Schluck“, sagt sie und reicht mir ihre Wasserflasche. „Dann fühlst du dich gleich besser.“ Als ob sie kapiert hätte, warum ich hier unten stehe, fasst sie mich an der Hand und zieht mich in die nächstbeste Ecke. Die Tuszynski mit ihrem albernen Umstandshängerchen lassen wir einfach stehen. Und dann reden wir die restliche Fahrt lang nur noch über Yannis, Jungs und davon, was wir Mädchen aneinander haben.

Endlich habe ich wieder eine dritte beste Freundin!

Viertes Kapitel,
in dem Sina die Liebe liebt

Sein wie keine andere

Noch sechs Wochen Schule, dann haben wir endlich Sommerferien! Damit tröste ich mich, wenn ich vor lauter Lernerei für Klausuren und Vokabeltests kaum noch zum Basketballspielen komme. Aber Kleo, Milli, Julia und Jolina geht es zum Glück genauso und inzwischen ist das allabendliche Cliquentreffen mit meinen Freundinnen bei Antonio unser einziges Highlight, selbst Softeis freut sich inzwischen immer, wenn wir kommen. Wenn unsere Noten stimmen und wir uns an die Abmachungen halten, dürfen wir auch mal ins *Cielo* zum Abtanzen, oh Wunder.

Dank unseres selbst initiierten Selbstverteidigungskursus am Bodensee fühlen wir uns gerade unheimlich stark und selbstbewusst. Wir hatten ein obercooles Wochenende mit einer noch cooleren Polizistin, die mit uns konzentriert und praxisnah den Ernstfall geübt hat. Und für Juri, Sebastian und Marco mit ihren sexistisch-doofen Anmach-Sprüchen haben wir jetzt nur noch ein müdes Lächeln übrig.

Sexismus meint die Diskriminierung und Unterdrückung eines Menschen aufgrund seiner Geschlechtszugehörigkeit. Das wird in jeder Kultur anders gelebt und hat etwas damit zu tun, wie die Geschlechterrollen gesellschaftlich verteilt sind: Frauen galten lange Zeit als das schwache Geschlecht, das dem Mann zu dienen hat (in jeder Beziehung!), was sich in ihren Rechten, ihrer Behandlung und auch in unserer Sprache bis heute noch zeigt: Das Männliche stellt die Norm, bestimmt über die Sprache den Idealfall, den Frauen (fälschlicherweise) anstreben, um sich gleichberechtigt zu fühlen.

Selbst die Tuszynski mit ihrem Schwangerbauch lässt sich nichts mehr gefallen. Scheinbar geht ihr die Fürsorglichkeit ihrer männlichen Kollegen ziemlich auf den Geist. „Ich bin schwanger, nicht krank“, hat sie neulich fauchend klargestellt, als der Asselmeyer ihr fürsorglich unter die Arme gefasst hat und ihr den Materialkoffer tragen wollte.

„Also, ein bisschen Unterstützung tut doch gut“, meinte Julia nur und hat beiden die Tür aufgehalten. „So eine Schwangerschaft stelle ich mir ziemlich anstrengend vor. Ich stelle mir vor, ich hätte so einen riesigen Bauch!“

„Deswegen nimmst du ja auch die Pille“, meinte Kleo grinsend, woraufhin Julia schwärmerisch ihre Augen verdrehte. „Dabei könnte dein Yannis ruhig auch Verantwortung übernehmen!“

„Der? Verantwortung? Für meinen Bauch? Niemals!“, hat Julia sie ausgelacht und ich habe mir nur meinen Teil gedacht.

Mädchen und Frauen von heute übernehmen Verantwortung für ihr Tun und Handeln – in jeder Beziehung. Sie vertreten ihre eigene Meinung, lassen sich nicht auf Äußerlichkeiten reduzieren und leben die Gleichberechtigung. Dank der Feminismusbewegung gibt es heute viele Selbstverständlichkeiten, die in der von Männern dominierten Gesellschaft des letzten Jahrhunderts undenkbar waren. Dazu gehören zum Beispiel das Familienministerium, Frauenhäuser und Mädchengruppen, Strafbarkeit von Vergewaltigung in der Ehe, ein Gesetz gegen sexuelle Belästigung, die Entdeckung der Klitoris (ehrlich!).

Auch wenn Julia das typische, anschmiegsame Mädchen gibt, ist sie emanzipierter und selbstbewusster unterwegs als beispielsweise Milli, die sich willig jedem Kerl an den Hals schmeißt und alles tut, was er sagt, nur damit sie endlich einen Freund hat. Marvin, Mirko, Malte – Milli findet es nämlich völlig in Ordnung, dass der Typ bestimmt, was geschieht und sie mit ihrer Meinung zurücksteckt, egal, ob es nun ums Kino oder Küssen geht. Leider ist sie in dieser Hinsicht beratungsresistent, sonst hätte sie längst geschnallt, dass sie mit ihrer Art den Jungs auf den Zeiger geht. Oder, noch schlimmer, von ihnen total ausgenutzt und erniedrigt wird. Zum Beispiel, wenn der Typ darauf besteht, dass sie ihm einen runterholen oder blasen soll. Dann macht sie es trotzdem, weil sie ihn nicht verlieren will. Obwohl sein Schwanz stinkt wie Büffelkacke! Echt, da sagt ja selbst Jolina Nein, aber Milli findet das gar nicht so schlimm. „Ich finde das auch okay, wenn ich nicht immer frisch geduscht sein muss und in meinen Feuchtgebieten ein bisschen nach mir riechen darf", hat sie achselzuckend erklärt. „Oder?"
Ich habe mir nur an die Stirn getockt und mich zum millionsten Mal gewundert, was mit meiner Freundin geschehen ist.

Nur weil ich täglich dusche, habe ich noch lange keinen Waschzwang, wie sie beleidigt behauptet. Ich finde es halt angenehmer, wenn ich überall gut rieche, und auch Jungs gefallen mir besser, wenn ich merke: Der hat gerade saubere Klamotten angezogen.

Das ist doch völlig normal, oder? Um gleichberechtigt zu sein, muss ich doch nicht wie ein Kerl in meiner Unterhose rumpopeln oder fettige Haare haben!

Und heißt es nicht auch: Ich kann dich gut riechen?! Also jemanden, der nach Büffelkacke stinkt, würde ich nie an mich heranlassen, geschweige denn *in* mich, ich finde, so ein schmieriger Pimmelkäse sagt schon einiges über den Charakter seines Trägers aus. Wenn ich mit Yannis zusammen war, hat der manchmal auch ganz schön geschwitzt, das fand ich allerdings immer sehr kribbelig. Oft habe ich mich einfach in seine Armbeuge gekuschelt und an ihm geschnüffelt. Und wenn er dann weg war, hat die Bettdecke immer noch so schön nach ihm gerochen – und mein Körper auch.

Schweißdrüsen befinden sich überall auf unserer Haut. Die apokrinen Schweißdrüsen in den Achseln, an der Brust, auf der Kopfhaut und im Schambereich bilden sich allerdings erst im Laufe der Pubertät aus, denn sie sind für die Produktion der Pheromone, der Sexuallockstoffe, verantwortlich. Pheromone dienen der biochemischen Kommunikation zwischen zwei Menschen und entscheiden, ob sich zwei „gut riechen" können und zusammenkommen. Anders gesagt: Der von dir verströmte Duft löst bei deinem Gegenüber eine bestimmte Reaktion aus. Oder du fühlst dich von dem „männlichen" Geruch eines bestimmten Jungen ganz besonders angezogen. *Androstenol* zum Beispiel riecht nach Moschus und Sandelholz, *Androstenon* wird ganz subjektiv und individuell wahrgenommen („stinkt wie Pisse" oder „riecht nach warmem Holz"), *Kopuline* sind Vaginalsekrete, die Frauen während des Eisprungs ganz besonders intensiv produzieren und von Männern als besonders „attraktiv" wahrgenommen werden. Und von den anderen Frauen auch, weshalb es dann zum Zickenkrieg kommen kann ...

Als ich jetzt wie verabredet ins Eiscafé komme, traue ich meinen Augen nicht: Kleo hat sich ein Nasenpiercing stechen lassen!

Auch wenn ich es nicht mag, muss ich zugeben:
Es steht ihr total gut (was man ja nicht bei jeder Nase sagen kann).

„Das ist nicht dein Ernst", mache ich sie an und pfeffere meinen Rucksack in die Ecke. „Damit kannst du doch nicht mehr richtig riechen!"
„Und die Popel bleiben auch hängen, ich weiß", macht Kleo weiter. „Keine Sorge: Alles eine Frage der Hygiene!"

Ob in der Nase, an der Augenbraue, in der Zunge, am Lippenbändchen oder im Bauchnabel: Piercings sind nicht ohne: Werden sie nicht fachgerecht durchgeführt, heilen sie schlecht aus und können gefährliche Entzündungen hervorrufen.

Stell dir mal vor, ich wäre durchlöchert wie ein Schweizer Käse! Irene würde die Krise kriegen und mir erklären, dass ich sämtliche Energiebahnen meines Körpers perforiert habe. Pfffft, Luft geht raus wie bei einem Luftballon und ich fühle mich schlappi!

Mit über 2.500 Piercings steht eine Brasilianerin im Guinnessbuch der Rekorde.

„Hat deine Mutter dir das etwa erlaubt?“, wundert sich Julia und bestellt sich auf den Schreck hin einen Antonio-Speziale. „Meine macht voll Stress, seit sie mit Ashley ständig wegen deren Bauchnabelpiercing zum Doc musste. Ich darf mir noch nicht mal ein zweites Ohrloch stechen lassen.“

Rein rechtlich gesehen, stellt Piercing eine Körperverletzung dar, weshalb seriöse Piercer die Einverständniserklärung der Eltern bei Minderjährigen einfordern müssen.

„Die war ja auch bei so einem Stecher“, meint Kleo. „Nee, meine neue WG-Mitbewohnerin kennt sich da total gut aus.“
„Sind etwa alle in der WG gepierct?“, frage ich neugierig und stelle mir gleich so einen Haufen gespickter Grufties vor, die allesamt auf ihren vergammelten Matratzen abhängen.
„Nur Helen, bei den Jungs weiß ich nicht ...“, grinst Kleo. „Kannst ja mal mitkommen, ich muss die Tage sowieso mein Zimmer streichen.“
„Dass du mir bloß nicht auch mit so einem Piercing ankommst!“, lästert Julia in meine Richtung und lutscht genüsslich auf der Amarena-Kirsche rum. „Am Ende noch eins in deiner Muschi!“
„Wieso, das stelle ich mir total klasse vor!“, antwortet Jolina, bevor ich entrüstet aufspringen kann. Wie kommt Julia bloß auf so eine perverse Idee? Scheinbar hat ihr Zwischenflirt mit Malte doch seine Spuren hinterlassen.
„Piercings sind doch total out“, lästere ich. „Jede vierzigjährige Sekretärin hat inzwischen eins! Bauchnabel oder Nippel, ist ja wohl egal, ich finde das voll krank!“
„Jetzt sei doch nicht so spießig“, grinst Kleo, für ihre Spießigkeit weit über unsere Stadtgrenze hinweg bekannt. Seit sie Umzugspläne schmiedet, ist sie allerdings total locker drauf.
„Besser spießig als durchgespießt“, fauche ich, muss dann aber doch tierisch mitlachen, wie meine Freundinnen jetzt überlegen, wie die Tuszynski wohl mit gepiercter Brust ihr Baby stillen würde.
„Also, ich finde es völlig in Ordnung, dass die Tuszynski gleich wieder arbeiten gehen will und der Blumenstein die Elternzeit macht“, meint Kleo dann, als Softeis unsere Milchshakes

bringt. „Die Zeiten sind doch längst vorbei, in denen automatisch der Mann arbeitet und die Frau zu Hause bleibt."

Wie zur Bekräftigung nickt Antonio. Er sieht aus, als wolle er etwas sagen und sich zu uns setzen, flitzt dann aber wieder hinter den Tresen, um die nächste Bestellung klarzumachen.

„Von mir aus könnte sie mit ihren blondierten Haaren noch eine Weile zu Hause bleiben", grinst Milli mit Anspielung auf ihre miserable Bionote.

„Tröste dich, die fallen ihr vom Stillen sowieso bald aus", sage ich. Das weiß ich noch von Mama mit Leon damals.

„Also, eine Mutter gehört doch erst mal zu ihrem Kind", meint Jolina und klaut mir die Sahne vom Löffel. „Zumindest in der ersten Zeit."

„Findest du?" Kleo guckt sie skeptisch an. „Meinst du, deswegen liebt sie es weniger und kann weniger für es sorgen?" Sagt Kleo, von der wir alle wissen, welch beschissenes Verhältnis sie zu ihrer Mutter hat.

„Es geht doch nicht um Liebe", verteidigt sich Jolina. „Sondern darum, wer sich kümmert. Und das kann niemand so gut wie eine Mutter."

„Das weißt du so gut, weil sich deine so gut um dich kümmert, was?", rutscht es mir einfach heraus. Ich glaube, ich höre nicht richtig! Hallo, wir leben im 21. Jahrhundert, hat Jolina denn noch nie was von Gleichberechtigung gehört?!

„Na ja ...", wendet Jolina verlegen ein. „Es ist halt so. Das hat die Natur nun mal so vorgesehen."

„Also, ich weiß nicht ..." Julia schüttelt den Kopf. „Wir leben ja nicht mehr im Neandertal, sondern in einer modernen Gesellschaft, in der Männer und Frauen gleichberechtigt sind, Män-

ner sich ebenso um Haushalt und Kinder kümmern, wie Frauen Geld verdienen und Chefinnen sind."
„Wo hast du denn das gelesen?" Milli rollt die Augen. „In Wahrheit finden Männer es viel besser, wenn sie mit dem ganzen Haushaltskram nichts zu tun haben müssen. Mein Vater hätte dazu gar keine Zeit." Sie macht eine dramatische Pause. „Und er freut sich, dass meine Mutter völlig entspannt auf ihn wartet, anstatt abgehetzt vom Einkaufen zu kommen, weil sie vorher noch ein Meeting hatte."
„Hä?" Verwundert gucke ich sie an. Klar, dass Frau Kaiser entspannt ist, das wäre meine Mama bei täglichen ayurvedischen Anwendungen und drei Haushaltshilfen auch. Bei uns ist das zum Glück anders. Auch wenn Papa den ganzen Tag nicht zu Hause ist, braucht er keine Post-its, damit er mal die Klobürste benutzt oder den Müll runterbringt.

Beim Thema Kinder sind ja wohl beide gefragt,
von Anfang an, ob es nun um Verhütung geht oder
Verantwortung in der Erziehung und Versorgung. Oder?

Fünf Tage später stehe ich mit Kleo in einer hellen freundlichen Altbauwohnung in der Stadtmitte.
„Ta-ta-ta-taaa", ruft sie und schließt ihre Zimmertür auf, „willkommen in meinem neuen Zuhause!"
Ein lichtdurchfluteter Raum mit hohen Wänden und Eichenparkett empfängt uns. „Boah", rutscht es mir raus. Insgeheim rechne ich nach, wann ich denn so weit bin, dass ich ausziehen kann.

Solange du nicht 18, also volljährig bist, darfst du ohne das schriftliche Einverständnis deiner Eltern nicht allein wohnen. Wenn du mit 16 eine eigene Wohnung beziehst, müssen sie den Mietvertrag unterschreiben und dafür garantieren, dass Miete, Strom, Telefon usw. pünktlich bezahlt werden.

„Warte mal ab, wenn die Wände erst mal gestrichen und neue Vorhänge drapiert sind, dann sieht das alles noch viel besser aus", sagt Kleo glückstrahlend und legt mir ihren Arm um die Schulter. „Ich hoffe, du kommst mich dann ganz oft besuchen, ein bisschen Bammel habe ich nämlich schon!"

Von zu Hause ausziehen – davon träumen viele, vor allem, wenn die Stimmung mies ist und du nur Streit mit deinen Eltern hast. Bedenke aber: Wenn du alleine wohnst, kommt eine große Verantwortung auf dich zu. Du musst dich voll um dich selbst kümmern, waschen, kochen, einkaufen, putzen und auch deine Finanzen alleine geregelt bekommen. Es ist gut, auf eigenen Füßen zu stehen und Verantwortung für dein Leben zu übernehmen. Aber es ist besser, die Füße noch eine Weile wachsen zu lassen, bevor du sie derart belastest. Will sagen: Warte einfach, bis du reif genug dazu bist, die Schule abgeschlossen hast und womöglich auch eine Ausbildung – und dann starte richtig durch und beginne beispielweise einen neuen Job oder ein Studium in einer anderen Stadt – und natürlich in einer eigenen Wohnung.

„Klar“, sage ich und knuffe sie liebevoll in die Seite. „Hauptsache, du bist hier glücklich!“

„Das werde ich sein!“, ruft sie fröhlich. „Und Ambra auch, nicht wahr?“ Sie tätschelt ihrer Hündin liebevoll den Kopf. „Weißt du, seit meine Mutter den Mietvertrag unterschrieben hat, hat sie keine Kopfschmerzen mehr.“ Sie kichert. „Irgendwie ist das total krank mit ihr. Aber mein Vater hat sie davon überzeugt, dass es besser für uns alle ist, wenn ich ausziehe und wir ein bisschen Distanz haben.“

Ich nicke nur, in der Hoffnung, dass Kleo weiterredet. Es ist das erste Mal seit Ewigkeiten, dass Kleo von ihren Problemen zu Hause erzählt. Und das erste Mal überhaupt, dass sie von ihrem Vater spricht, der sonst immer sonst wo in der Weltgeschichte herumreist. Kleo öffnet jetzt die Flügelfenster zum Hinterhof.

„Komm“, sagt sie dann, „ich zeige dir die restlichen Zimmer. Vielleicht ist ja Helen da!“

Aber Helen ist ausgeflogen und wenig später stehen wir in einer völlig zugesifften Küche. Von Helligkeit ist in diesem dunklen Loch nicht die Rede, das Fenster ist mit einem Schrank zugestellt, dessen Tür sich nicht mehr schließen lässt. Überall stehen verkrümelte Teller herum, leere Gläser und angegammelte Essensreste.

„Das ist nicht dein Ernst“, hauche ich und hebe mit spitzen Fingern ein vermodertes Handtuch hoch. Auch wenn ich zu Hause so gut wie nie den Wischlappen in die Hand nehme: So möchte ich auch nicht leben!

Danke, liebe Mama!

„Ach, einmal durchgespült und gelüftet, dann geht es wieder", meint Kleo leichthin. „Habe ich mit Helen schon bequatscht: Wir machen einen Küchenplan, dann passiert das nicht mehr." Sie zuckt entschuldigend mit den Schultern. „Die stecken voll fett im Studium, da haben die keinen Sinn für Hausarbeit!"
„Aber du, was?" Kopfschüttelnd schaue ich sie an. Meine Kleo! „Als Erstes würde ich hier Rauchverbot erteilen." Ich deute auf eine Bierflasche, in der lauter Kippen in einer ekligen Brühe herumschwimmen.
„Logisch", grinst sie. „Das ist noch von der letzten Fete, da gelten Ausnahmen."
„Muss aber lange her sein!" Ich deute auf einen Topf, dem der Schimmel bereits über den Rand wächst.
„Komm, lass doch", sagt Kleo genervt, klar, sie will sich ihr gutes WG-Gefühl von mir nicht mit Meister-Proper-Bemerkungen kaputt machen lassen.
„Ich zeig dir jetzt noch das Klo ... Oder auch nicht", meint sie nach einem kurzen Blick in das gekachelte Badezimmer. „Da müssen wir wohl auch noch putzen."
„Aber erst mal streichen wir dein Zimmer, oder?", frage ich, um sie auf ein anderes Thema zu bringen. Meine Kleo ist nämlich kurz davor, in Tränen auszubrechen, das spüre ich. Da hat sie Monate und Wochen für ihren Auszug von zu Hause gekämpft, sich die Lehrstelle besorgt und ihre Eltern überzeugt, und jetzt das.

Das wollte ich nicht, ihr die gute Laune verderben.
Aber Siff ist Siff, der lässt sich nicht schönquatschen.

Also schleppen wir die auf dem Fahrrad mitgebrachte Farbe, Abdeckfolie und Pinsel hoch in den dritten Stock und fangen an, den Boden abzukleben. Und während Ambra brav den Farbeimer bewacht und noch nicht mal ihre Schnauze reinhängt, rollen Kleo und ich die Wände weiß. Gerade, als wir fertig sind und unser Werk Arm in Arm begutachten, kommt ein blasses, schwarzhaariges Mädchen mit mindestens zehn Augenbrauenpiercings zur Tür hereingestürmt. Die mit ihren komplett schwarzen Klamotten habe ich doch irgendwo schon mal gesehen ...

„Hey, Kleo, geil, wie cool!“, ruft sie und begrüßt sie mit Küsschen links-rechts. Dabei blitzt ihr Zungenpiercing auf. Hat die da etwa einen Brilli drin?! „Und du bist bestimmt Sina“, fügt sie hinzu, und ehe ich den Pinsel ablegen kann, habe ich ebenfalls zwei Schmatzer auf der Wange. „Und ich bin Helen! Kleo hat dir bestimmt schon von mir erzählt ... Cool, was geht ab? Das wird ja megaschön! Soll ich 'ne Pizza organisieren und wir feiern ein bisschen?“

„Äh, ich muss dann aber …“, stottere ich los. Kotz-Würg-Ekel! Bei dem Gedanken, in der Siff-Küche von einem Siff-Teller mit einer Siff-Gabel zu essen und der Piercing-Queen dabei zuzusehen, wie sich dabei die Käsefäden im Brilli verheddern, dreht sich mein Magen um.
„Au ja, coole Idee“, höre ich Kleo zu meiner Verwunderung sagen. Hä, was ist denn mit der los? Pizza gehört doch nun wirklich nicht in ihr Ultra-light-Programm. „Aber ich bezahle, schließlich feiere ich meinen Einstand.“
„Okay, ich spüle schon mal ein paar Gläser, irgendwo habe ich noch Apfelwein …“ Und schon ist diese Helen zur Tür hinaus.
Was für eine Textmaschine!
„Komm, bleib doch noch“, meint Kleo, als ich meine Sachen zusammenpacken will. „Bitte …“
„Samuel ist echt ein Schwein“, hören wir plötzlich Helen aus der Küche schimpfen. „Sein Geschirr steht hier schon seit Tagen rum. Na warte, das gibt tierisch Ärger.“
„Reg dich ab, ich habe da eine Idee“, ruft Kleo und grinst mich an. Sie holt aus dem Abstellraum nebenan eine große Waschschüssel. Dann stapeln wir kichernd sämtliches Dreckgeschirr hinein und stellen es in Samuels Zimmer, das nicht abgeschlossen ist.
„Wir sind eine respektvolle WG“, gluckst Helen und wirft die dreckigen Handtücher hinterher, „mit anklopfen und nichts klauen oder ausleihen und so. Hihi, der wird sich wundern. Coooool!“
Obwohl ich es überhaupt nicht einsehe und ernsthaft mit einem Kotzkrampf kämpfe, helfe ich Kleo und Helen, die Küche wieder in Ordnung zu bringen.

Das ist doch wieder mal typisch! Frauenarbeit = unbezahlte Küchenarbeit. Die Herren der Schöpfung feiern und lassen dann alles stehen, die Frauen werden's schon richten.

Typisch Männer. Außer Papa, den muss ich ausnahmsweise mal in Schutz nehmen. Der kennt sich sogar mit Mamas Spüllappen-Sammlung aus.

„Und den Schrank da stellen wir in den Flur", meint Kleo und deutet zum Fenster. „Das ist doch viel schöner so."
Kurz darauf düst Kleo Richtung Pizza los und Helen und ich können endlich an einem ordentlich gedeckten Tisch Platz nehmen. Helen hat von irgendwo ein paar Servietten hergezaubert und zwei Kerzen hingestellt und plappert in einer Tour. Erzählt von ihrem Studium der Theaterwissenschaften, ihrem Job in einem Piercing-Studio und den verrückten Klienten, von ihrer kürzlich verstorbenen Katze Toni, weshalb sie es so wahnsinnig „coool" findet, dass jetzt Ambra hier einzieht. Zum Glück kommt Kleo dann mit einer Mega-Pizza hochgeschnauft. Sie sieht total happy aus, wie sie mir jetzt mit ihrem Glas zuprostet.
„Cool", meint Helen ein ums andere Mal, „heftig cool, die Aktion. Ich hoffe, du kommst uns jetzt öfters mal besuchen, Sina!"
„Logisch", antworte ich bissig, „ihr könnt mich als Putzfrau buchen, zehn Euro die Stunde." Ich muss an Irene denken, die bei diesen durchgeknallten Anwälten angestellt ist und mit Hausarbeit ihr täglich Brot verdient. Immerhin macht sie damit einen Haufen Kohle.

Vielleicht ist das der Trick: Küchenhelfer und Putzfrau bei anderen macht mehr Spaß und gibt Geld.

„Da werden sich Samuel und Carlos aber freuen“, grinst Kleo. Und Helen prostet mir ausgelassen zu.

„Carlos?“ Stich. Schock. „Welcher Carlos?“, flüstere ich tonlos.

„Na ja, Carlos halt, der andere Typ, der hier wohnt.“ Kleo schüttelt den Kopf mit ihren kurzen Locken. „Hab ich dir nicht von ihm erzählt?“

„Cool, sag bloß, du kennst ihn?“ Helen schaut mich erwartungsvoll an. Dabei verzieht sie ihre linke gepiercte Augenbraue.

„Nee, woher“, zucke ich mit den Schultern. „Ich glaube, ich muss jetzt wirklich mal nach Hause ...“

Keine Feier ohne Geier

Carlos. Carlos. Carlos. Seit Jahren, Monaten habe ich diesen Namen nicht mehr gehört und trotzdem habe ich in all der Zeit nie aufgehört, an ihn zu denken.

Obwohl ich in Yannis so verliebt war, obwohl ich mit Yannis zusammen war, obwohl ich mit Yannis beinahe geschlafen hätte.

In dieser Nacht schlafe ich total unruhig. Ich träume von der stinkigen Pommesbude auf dem Weihnachtsmarkt, wo ich Carlos damals kennengelernt habe, sehe seine wuscheligen blonden Haare vor mir und wie er mich damals so unglaublich süß mit seinen schwarzen Augen angeschaut und gefragt hat, ob wir uns zum Eislaufen am Weiher treffen. UNDICHDURFTENICHTHIN! DASWERDEICHMAMAUNDPAPANIEIMLEBENVERZEIHEN!

Wochenlang habe ich damals versucht herauszufinden, wer dieser Carlos ist, wo er wohnt, auf welche Schule er geht, stundenlang war ich auf diesem bescheuerten Weihnachtsmarkt, habe mir die Füße abgefroren und haufenweise Pommes verdrückt, bis mir schlecht wurde. Aber Carlos habe ich nie wiedergesehen. Und jetzt lebt Kleo wahrscheinlich mit meiner Weihnachtsmarktliebe unter einem Dach, in einer Wohnung, Tür an Tür!

Sina, krieg dich wieder ein. Es gibt Millionen Carlosse auf der Welt. Das wäre schon ein wahnsinniger Zufall. Wie hoch ist eigentlich die Wahrscheinlichkeit, Carlos wiederzusehen?, versuche ich auszurechnen. Bei rund 700.000 Einwohnern unserer Stadt, die Hälfte männlich, davon ein Fünftel Jugendliche, macht 7.000 Jungs im Alter von durchschnittlich 18. Mmmh. Carlos hat blonde Locken (3.500), ist groß (950), sportlich gebaut ... ich würde mal sagen, so etwa 450 Jungs kämen infrage. Wow. Da ist ja eine Wahrscheinlichkeit von nur 1:450!!!!!! Höher, als drei Richtige im Lotto zu tippen!

Als ich am nächsten Morgen mit einem ultrafiesen Gefühl im Bauch aufwache, fühle ich mich schlapp und fiebrig. Mama guckt mich prüfend an, zum Glück hat sie sich abgewöhnt, mich gleich wegen jedem bisschen zu Doktor Gottstein zu schleppen. „Hoffentlich hast du dir nichts in dieser WG eingefangen“, meint sie besorgt und für diesen Kommentar erntet sie einen strafenden Blick der Abwatsch-Klasse. Mama lebt in ihrem spießigen Reihenendhaus derart reinlich, sie geht noch nicht mal bei Stefanie von nebenan aufs Klo zum Pinkeln, sondern braucht ihre eigene Sagrotan-Klobrille. Wie soll ich Mama

da erklären, dass ich „nur“ ganz kribbelig verrückt bin, weil ich nicht weiß, ob es sich ausgerechnet um *diesen* Carlos handelt, der bei Kleo in der Siff-WG wohnt?!
Ihr zuliebe nehme ich einen Tante-Irene-Spezial-Ingwer-Tee mit auf mein Zimmer und grübele den restlichen Vormittag darüber nach, was ich jetzt tun soll.
„Mann, dann geh halt hin und schau nach“, lautet Millis Supergeheimtipp, als ich ihr später stöhnend mein Leid klage. Wir haben jede Menge Hausaufgaben aufgebrummt bekommen, die ich gerade telefonisch von ihr abfrage. „Ich dachte, den hättest du längst vergessen, das ist doch schon Schaltjahre her ...“
Hat die 'ne Ahnung! Nur weil sie gerade mit Sebastian zarte Annäherungsversuche am Laufen und Marco komplett vergessen hat – „... diesmal werde ich nicht so klammern und lasse ihm seine Freiheit“–, muss sie nicht von sich auf andere schließen.
„Ich weiß nicht ...“, sage ich zögernd. „Ich glaube, die Gefühle für ihn sind immer noch da.“
Milli am anderen Ende der Leitung ist für einen Moment lang still. Dann sagt sie: „Wenn es so ist, musst du erst recht herausfinden, ob er es ist oder nicht. Mensch, Sina, du predigst doch sonst immer: Von nichts kommt nichts. Also, trau dich, werde aktiv, tu was ...“
„Schon okay“, antworte ich matt. Ich glaube, ich habe inzwischen wirklich Fieber. „Morgen bin ich sowieso mit Kleo verabredet, da kann ich sie ja noch mal fragen.“
Aber das mit morgen wird nichts, genauso wenig wie mit übermorgen, ich liege eine ganze Woche lang auf der Nase. „Som-

mergrippe“ diagnostiziert Irene und verabreicht mir Globuli und Wadenwickel.

Achtung, Nebenwirkungen: Wenn du die Pille nimmst, informiere immer deinen behandelnden Arzt darüber. Erbrechen, Durchfall, die Einnahme von Antibiotika oder anderen Medikamenten kann den Verhütungsschutz aufheben. Homöopathische Mittel beeinträchtigen die Schutzfunktion dagegen nicht.

„Da hat's dich aber ganz schön umgehauen, wos?“, meint auch Onkel Ösi. „Dabei habe ich dir extra Einlagen für deine Chucks mitgebracht, damit du auf der nächsten Fete rocken kannst.“
Dankbar grinse ich ihn an. Mein Lieblingsonkel hat es als Orthopäde einfach drauf und weiß, worauf es ankommt. Und zu meinen großen Füßen ist und bleibt er immer besonders achtsam.
„Aber am Samstag bist du doch hoffentlich wieder fit?“, fragt mich Kleo besorgt, als sie mich Donnerstagabend anruft. „Da ist meine Einweihungsfete, da musst du unbedingt dabei sein.“
Bei dem Gedanken, an jenem Abend womöglich Carlos über den Weg zu laufen, wird mir wieder ganz schwummerig. Dabei bin ich seit heute Morgen endlich fieberfrei.
„Mmmmpf“, mache ich unentschlossen. „Wen hast du denn alles eingeladen?“
„Also, am Nachmittag kommen meine Eltern ...“
„WAS?“ Ich glaube, ich höre nicht richtig. Erst zieht sie aus und dann hält sie ein entspanntes Kaffeekränzchen mit Mama und Papa?!
„Klar, schließlich haben mich die beiden in den letzten Wochen total gut unterstützt, ehrlich.“ Ich sehe Kleo dabei durchs Tele-

fon nicken, so heftig sagt sie das. „Es ist so, als ob ein Schalter umgelegt ist, meine Mutter ist richtig locker geworden und quatscht mir kaum noch rein."

„Kaum zu glauben ..." Neidisch höre ich ihr zu. Wobei, ehrlich gesagt: Auch wenn wir uns tierisch streiten können, hat mir Mamas zurückhaltende Fürsorge der letzten Tage richtig gutgetan und zurzeit komme ich gut klar mit ihr. „Und wer kommt noch?", hake ich nach.

„Na ja, du, Milli, Julia, Jolina ...", zählt Kleo auf. „Ein paar Jungs aus unserer Klasse, Yannis, Marco, Sebastian ... und natürlich Helen, Samuel und Carlos."

Boing! Doch diesmal wird mir nicht schlecht, diesmal erwacht die alte Sina-Kampfeslust in mir. „Wie sind die denn so, dieser Samuel und Carlos?", frage ich scheinheilig nach.

„Samuel ist ein Oberarschloch", meint Kleo. „Aber Carlos ist supernett."

Das kommt etwas zu schnell. Aha, denke ich, wenn Kleo das so sagt, steckt mehr dahinter. „Wie, supernett?", bohre ich weiter, das Schlimmste ahnend.

„Nett halt, süß ... er ..." Ich höre, wie Kleo am anderen Ende der Leitung tief durchatmet. „Sina", beginnt sie plötzlich ganz feierlich. „Ich glaube, ich habe mich verliebt."

Nein, nicht das!
Nicht DER Carlos und MEINE beste Freundin!

Keine Ahnung, wie ich die Zeit bis zu Kleos Fete überlebe. Am Freitag stürze ich mich auf meine Hausaufgaben, arbeite das Pensum der vergangenen Woche auf und mache noch ein paar französische Grammatikübungen extra, schließlich muss ich meinem Ruf als Streberin ja gerecht werden. Gleich am Montag hat die Müller-Rochefoucauld eine Klausur angesetzt und eine Fünf kann ich mir bei ihr nicht mehr erlauben. Aber dann werde ich Französisch abwählen, so viel ist schon mal sicher!!! Abends dann, als ich nach dem Abendessen noch mit meinem iPod auf der Terrasse herumlümmele und Julia dabei beobachte, wie sie total aufgerüscht (ihr Parfüm weht bis auf unsere Terrasse) bei Yannis an der Gartenpforte klingelt, beschließe ich, dass ich das nicht auf mir sitzen lassen kann, und fasse ein paar Vorsätze für morgen:

1. Herausfinden, ob Carlos Carlos ist.

2A: Er ist es = Kleo nicht ihre erste große Liebe kaputt machen.

2B: Er ist es nicht: Mich mit Kleo über ihre erste große Liebe freuen.

3. ...

4. So schön sein wie nie.

5. Im Falle von 2A so traurig sein wie nie.

Mit Punkt vier fange ich sofort an und verziehe mich für den restlichen Abend in unser Badezimmer: Duschen, Peelen, Rasieren, Cremen – das volle Programm, schließlich habe ich eine ganze Woche Krankheit fortzuspülen.

Schönheit ist, was du daraus machst: Die glattesten Beine bringen nichts, wenn du vor lauter Unsicherheit nicht mit beiden Füßen auf dem Boden stehst! Lass dich nicht vom Waschzwang deiner Freundinnen anstecken, die meinen, zweimal täglich duschen sei

Pflicht. Sorge dafür, dass du dich wohl in deiner Haut fühlst, dann bist du einfach schön. Ein natürliches Mädchen ist den meisten Jungs lieber als so eine aufgetakelte Tussi, bei der sie Angst haben müssen, dass ihr Make-up abfärbt!

Den Samstag verbringe ich dann mit Giga-Bauchgrummeln auf dem „Family Day" in der Firma meines Vaters. Auch wenn die Veranstaltung superschnarchig ist und selbst Leon sich langweilt – ganz originell diesmal: Kinderschminken, Hüpfburg, Seifenkistenrennen –, bin ich insgeheim froh, dass ich deswegen Kleo nicht bei den Vorbereitungen helfen kann und vielleicht Carlos bereits früher über den Weg laufe. Aber dann ist es doch so weit: Punkt acht liefert mich mein Vater vor Kleos neuem Zuhause ab, aus gegebenem Anlass wird er mich in vier Stunden wieder abholen. Mit einem väterlichen „Pass auf dich auf, meine Große" entlässt er mich aus unserem Family-Van und ich steige jetzt die unzähligen Stufen zu Kleos WG hoch.

Er ist es, er ist es nicht, er ist es, er ist es nicht, er ist es, er ist es nicht, er ist es, er ist es nicht, er ist es, er ist es nicht, er ist es, er ist es nicht, er ist es, er ist es nicht, er ist es, er ist es nicht, er ist es, er ist es nicht, er ist es, er ist es nicht, er ist es, er ist es nicht, er ist es, er ist es nicht, er ist es, er ist es nicht, er …

„Hey, Sina, cool, dass du da bist", begrüßt mich Helen überschwänglich an der Tür. „Die anderen aus eurer Klasse sind auch schon da. Hast du etwas mitgebracht?"
Bevor ich antworten kann, hat sie mir die Tupperschüssel Nudelsalat aus der Hand gerissen. Eigentlich wollte ich selbst ein Mousse au Chocolat zubereiten, dank Irenes Geheimrezept kann ich das nämlich, aber Mama hat darauf bestanden, dass ich „etwas Ordentliches" mitbringe.
„Na, Sina, bist du wieder fit?" Kleo umarmt mich stürmisch. „Ich bin so aufgeregt", flüstert sie mir dabei ins Ohr. „Carlos kommt später, er hat noch etwas zu erledigen."
Und ich erst, denke ich düster, versuche, mir aber nichts anmerken zu lassen. Marco und Yannis lümmeln sich in Kleos Zimmer auf dem Teppich und hören Musik. In der WG-Küche umarme ich Julia und Jolina, die lässig mit einem Glas in der Hand herumstehen, während Milli in der Ecke etwas stinkig aus der Wäsche schaut.
„Was ist denn mit dir los?", frage ich. „Ist Sebastian nicht da?" Ihre offensiven Anbaggerversuche haben ihn nicht sonderlich angemacht, wie Juri neulich vorm Ständchen zum Besten gegeben hat.
„Das ist los", faucht sie. „Probier mal." Sie hält mir ihr Glas hin. „Kleos berühmte Schlammbowle, ja und?" Verwundert gucke

ich sie an. „Die schmeckt doch immer total lecker." Ich angele nach einem Glas und will mir ordentlich was einschenken. Seit ich Kleo kenne, trinken wir an ihren Geburtstagen immer Schlammbowle: Fruchtcocktail, Multivitaminsaft, Mineralwasser und zum Schluss eine Packung Vanilleeis. *Lecker!*

„Aber da ist Wodka drin", sagt Milli mit spitzer Stimme. „Jede Menge, garantiert. Und ich weiß ganz genau, wie das endet."

Das weiß ich auch, denke ich grinsend und muss an die hundert Grillfeten von Stefanie denken. Zu später Stunde haben sich die Erwachsenen immer total peinlich und VOLL danebenbenommen. Sie haben nie geschnallt, dass Yannis und ich sie heimlich aus unserer Hollywoodschaukel heraus beobachtet haben. Für diese Szenen könnten wir heute noch Schweigegeld kassieren ...

> Hochprozentiger Alkohol wie Wodka, Rum oder Tequila dürfen an Minderjährige nicht ausgeschenkt werden, ebenso unterliegen Mixgetränke mit Spirituosenanteil dem Veräußerungsverbot. Ab 16 darfst du Bier und Wein kaufen.

„Jetzt stell dich halt nicht so tantenhaft an", mischt sich Jolina ein. „Ist doch witzig." Sie füllt sich ihr Glas, offensichtlich nicht zum ersten Mal.

„Na ja, ein bisschen kann nicht schaden." Achselzuckend nehme ich einen Schluck von der süßen Pampe, die heute eindeutig etwas bitterer schmeckt als sonst.

„Wir feiern ja auch keinen Kindergeburtstag, oder?", grinst ein dunkelhaariger Typ mit Dreitagebart. „Da haben wir ein bisschen nachgeholfen!" Er zwinkert Jolina zu und drückt mir zwei fette Schmatzer auf die Wange. „Ich bin Samuel. Und du?"

Ich kann dich nicht leiden, durchzuckt es mich. Ich weiß nicht, warum, aber du bist ein Arschloch, das spüre ich.

„Sina“, stelle ich mich vor. „Ich bin immer die Erste, wenn wir bei Kleo Topfschlagen spielen.“
„Hey, du bist ja voll locker drauf“, lacht er lässig. „Komm, Sina, das macht gute Laune, das bisschen Wodka schadet nichts ...“
Jolina neben mir hängt an seinen vollen Lippen, während Milli demonstrativ die Arme vor der Brust verschränkt. Kleo kommt zur Küchentür herangetänzelt und zieht Yannis hinter sich her. „Die musst du unbedingt probieren, los!“, kichert sie gut gelaunt und prostet ihm zu. „Allein deshalb lohnt es sich, dass ich jetzt hier wohne.“

Grinsend gucke ich meine Kleo an. Kleo in ihren schwarzen Klamotten und dem Piercing in der Nase. Kleo, die bis vor Kurzem so flatterig dünn war, dass ich mir ernsthaft Sorgen um sie gemacht habe. Kleo, die noch nie einen Freund hatte und jetzt plötzlich im Mittelpunkt steht und mit Yannis flirtet.

Yannis macht gute Miene zum hochprozentigen Spiel und tut Kleo den Gefallen. Binnen kurzer Zeit ist die Stimmung total klasse und ausgelassen. Immer mehr Leute drängen in die Küche und schenken sich ein. Marco und Yannis grölen witzige Liedchen à la Ballermann und Söhne, Julia kippt sich ständig nach und kichert die ganze Zeit albern herum und Helen findet alles ganz „cooool!“. Einzig Milli steht sauertöpfisch in der Ecke. Und Jolina wankt mehr, als sie stehen kann, aber schließlich ist sie alt genug, um auf sich aufzupassen. Oder etwa nicht?

Alkohol macht locker und gute Laune, weil durch den Konsum von Bier, Wein & Co. Botenstoffe wie Serotonin und Oxytocin im Gehirn freigesetzt werden, die Glücksgefühle produzieren. Aber Vorsicht, diese gehobene Stimmung gilt nur bei 0,1 bis 1,0 Promille (also höchstens ein Gläschen Wodka-Bowle), danach funktioniert deine Wahrnehmung und Reaktion nur noch halb so gut, ab 0,5 Promille ist man verkehrsuntüchtig (gilt übrigens auch für Fahrradfahrer!). Bei steigendem Pegel setzen Sprachstörungen ein, das Gesichtsfeld verringert sich. Ab 2,0 Promille ist so ein Alkoholrausch nicht mehr lustig: Lähmungserscheinungen und Bewusstlosigkeit treten ein, Reflexe fallen aus, die Atmung ist nur noch schwach, der Körper wehrt sich mit Erbrechen. Es droht die Gefahr des Atemstillstands, der Unterkühlung und des Erstickens an Erbrochenem. Außerdem: Koma- oder Flatratesaufen schaden nicht nur deinem Körper und auf Dauer deiner Schönheit (Alkohol macht dick!), sondern macht auch dumm, weil Alkohol Nervenzellen zerstört.

Irgendwann habe ich die Nase voll vom Rumstehen und marschiere aus der Küche Richtung Kleos Zimmer. Mittlerweile ist die Wohnung rappelvoll mit Leuten. Korken ploppen, Musik dröhnt, die Luft ist verraucht. Und es riecht merkwürdig süß. Boah, die rauchen Shisha und Gras, fährt es mir durch den Kopf, den Geruch kenne ich von Malte, der war auch mal so drauf.

Rauchen kann tödlich enden, keine Macht den Drogen oder
wie war das?! Die Tuszynski hat uns damals mit Ecstasy, LSD,
Kokain & Co. vollgedröhnt, haha, und uns immer wieder vor
den gesundheitsschädlichen Folgen gewarnt. Aber wer kann
sich von seinem Taschengeld schon auf Dauer bunte Pillen

leisten? Alkohol dagegen gibt es günstig an jeder Tanke und mit dem richtigen Trick wohl auch die harten Sachen. Dass es jährlich 42.000 Rausch-Leichen und Millionen von Gewohnheitstrinkern gibt, hat uns die Tuszynski nämlich nicht erzählt ...

Nicht so tantenhaft anstellen, geht es mir durch den Kopf. Aber was ist, wenn Kleo jetzt in so einer Kiffer-WG gelandet ist?
„Mach dir keine Sorgen", meint Kleo, als ob sie Gedanken lesen könnte, und lümmelt sich jetzt neben mich auf die Matratze. „Das sind die Freunde von Samuel und der zieht demnächst sowieso aus, weil er sich mit Helen verkracht hat."
Ich nicke nur. „Aber Jolina ...", ich deute Richtung Flur, aus dem unüberhörbar Jolinas Gekicher zuhören ist, „... die ist total betrunken."
„Egal, Hauptsache, sie hat ihren Spaß", meint Kleo achselzuckend. Nervös schaut sie auf ihre Uhr. „Wo Carlos nur bleibt?"
Ich weiß nicht, wer von uns beiden nervöser die nächsten Stunden verbringt, Kleo oder ich. Fakt ist, dass die Party immer lauter, immer greller wird und Jolina irgendwann mit Samuel in dessen Zimmer verschwindet. Ich habe keine Zeit, mich darüber zu wundern, denn plötzlich passieren drei Dinge gleichzeitig:
1. Julia kotzt in den Flur.
2. Jemand brüllt: DAS BIER IST ALLE!!!
3. Carlos, der!!! Carlos kommt zur Tür herein.
Er guckt in meine Richtung, zögert kurz und wendet sich dann sofort Kleo zu, die ihn freudig mit einem Küsschen begrüßt.

Wie ein vertrautes Paar. Als ob sie füreinander gemacht wären.

Wie eingemeißelt stehe ich da, unfähig, Julia ein Taschentuch zu reichen, geschweige denn, ihre Kotze wegzumachen. Ich sehe nur Kleo, die jetzt wie selbstverständlich Carlos an die Hand nimmt und mit ihm gemeinsam auf mich zukommt. Selbst im schummerigen Licht sehe ich die dunkelsten Augen seit Einstein aufleuchten, als sie mich erblicken.
„Sina, das ist Carlos – Carlos, das ist meine beste Freundin Sina", stellt Kleo förmlich vor und reflexartig geben wir uns artig die Hände.

Ohne die Blicke voneinander zu lassen. Ohne ein Wort herauszubringen.

„Sina?" Carlos hat als Erstes die Sprache wiedergefunden, lässt meine Hand aber nicht los. Ein Funkeln in seinem Blick? Ein Lächeln?

Liebe auf den ersten Blick gibt es! Wenn du jemanden erblickst, den deine Augen, deine Sinne, dein Gehirn in Bruchteil von Sekunden als toll und erfreulich identifizieren, entfacht sich in deiner Blutbahn ein wahres Feuerwerk an Hormonen: Vor allem Phenylethylamin rast durch deinen Körper, verursacht dir ein bizzeliges und kribbeliges Gefühl, mit einem Schlag bist du wie elektrisiert – kurzum, es hat gefunkt. Natürlich bedeutet das nicht automatisch, dass hieraus eine richtige Liebesbeziehung erwächst.

„Oh, ihr kennt euch? Das wusste ich gar nicht ... ?!" Kleo neben mir ist ganz blass geworden, das sehe ich, trotz der Funzelei um uns herum.

„Das ist lange her“, meint Carlos, immer noch meine Hand haltend. Sie fühlt sich warm und vertraut an und sorgt für lauter Stromstöße in meinem Bauch.

„Sehr lange“, krächze ich, unfähig, meine Hand aus seiner zu ziehen.

„Ist ja gut“, sagt Kleo, „ihr dürft euch wieder loslassen.“ Energisch schiebt sie Carlos von mir weg, Richtung Küche. „Wenn du Glück hast, ist noch Schlammbowle da …“ Sie dreht sich im Weggehen zu mir um. *Hände weg, das ist meiner!*, sagt ihr Blick. Ich schaue ihr unglücklich hinterher.

Kurz nachdem Kleo mit Carlos in der Küche verschwunden war, bin ich zur Tür hinausgestürmt, vorbei an Yannis, der die kotzende Julia tröstend im Arm hielt (Igitt!!!), und die Treppe hinunter nach draußen, das weiß ich noch. Dann habe ich mich auf das Mäuerchen gesetzt, um auf meinen Vater zu warten, der mich pünktlich um Mitternacht abgeholt hat. An mehr kann ich mich nicht mehr erinnern, dabei habe ich wirklich kaum Alkohol getrunken oder sonst was. Wie mag es da erst heute Morgen Julia gehen, die ja voll die Dröhnung hatte? Armer Yannis, er hat sie bestimmt gemeinsam mit Milli nach Hause schaffen müssen, ich hoffe mal, das gab keinen Ärger mit ihren Eltern!

Blackout total.

Beim Aufwachen fühle ich mich schon wieder krank, aber diesmal ist es nicht die Sommergrippe, sondern eindeutig Liebeskummer. Schon wieder. Dabei dachte ich, seit Yannis bräuchte ich mir nicht mehr die Augen wegen eines Typen auszuweinen. Aber das hier fühlt sich anders an, ist viel schmerzhafter, viel gemeiner, viel stacheliger. Ich bin verliebt in Carlos, verliebt wie noch nie in meinem Leben. Und Kleo, meine beste Freundin, liebt ihn auch.

Wie kann ich jemanden lieben, den ich gar nicht kenne?
Nur von einmal Quatschen auf dem Weihnachtsmarkt damals.
Nur weil Kleo von ihm erzählt hat, dass er nett und hilfsbereit ist und in einer Band spielt.

Kleo sitzt jetzt bestimmt mit ihm in der gemeinsamen Küche beim Frühstück und schmiert ihm sein Brötchen, denke ich bissig, während ich maulig in unsere Küche schlurfe. Schlecht gelaunt schenke ich mir ein Glas Multivitaminsaft ein in der Hoffnung, meine müden Zellen damit in Schwung zu bringen. Plötzlich klingelt es Sturm an unserer Haustür. Am Sonntagmorgen! Bevor Papa meckern kann, öffne ich die Tür, auf das Schlimmste gefasst. Es ist Jolina, die total fertig aussieht.
„Kann ich mal bei euch duschen?“, fragt sie matt und steht bereits im Flur, bevor ich Hallo sagen kann.
Ich nicke nur, und statt sie mit Fragen zu bombardieren, führe ich sie in unser Bad, wo Mama glücklicherweise noch nicht ihre Sonntagmorgenbadesession begonnen hat. Fix krame ich ihr ein frisches Handtuch aus dem Schrank.
„Bis gleich“, sage ich nur, deute auf die Duschgel-Orgie am Badewannenrand und lasse Jolina einfach alleine. Kurz darauf höre ich das Wasser prasseln.

Ewigkeiten später – Mama steht mittlerweile sauertöpfisch dreinblickend in der Küche und wartet – kommt Jolina in Papas Bademantel gehüllt herunter zu uns, wo ich ihr einen Becher dampfenden Tee auf den Tisch stelle. Aufmunternd nicke ich ihr zu. Jolina habe ich schon oft übernächtigt gesehen, aber so tiefe Ringe unter den Augen wie heute hat sie noch nie gehabt.

Durchfeierte Nächte mit viel Alkohol und Zigaretten hinterlassen ihre Spuren, schließlich braucht die Haut nachts mindestens sechs Stunden Regenerationszeit (mal abgesehen von deinem Gehirn, das die Eindrücke des Tages verarbeitet und sämtlichen Muskeln, die sich ausruhen müssen). Wenn du also die Beauty-Queen sein willst, trinke und feiere in Maßen und sorge am „Tag danach“ umso besser für dich.

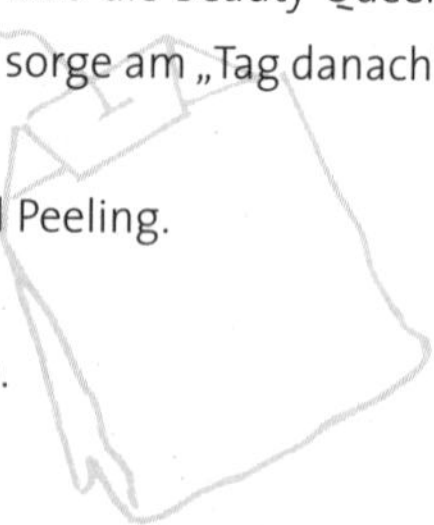

- Frischedusche mit Zitronenduft und Peeling.
- Gesichtspflege extra.
- Viel trinken: Wasser oder Kräutertee.
- Gesund essen: Vitamine & Vollkorn.
- Eine Stunde spazieren gehen.
- GREENLAND-Drink: Auf etwas gecrushtes Eis zwei frische Minzblättchen zupfen, 3 cl Pfefferminzsirup, 1 cl Zuckersirup, 4 cl Zitronensaft (am besten frisch gepresst) dazugießen und mit Mineralwasser auffüllen.

„Geht's wieder? Was ist denn passiert?", frage ich sanft. „Willst du es nicht erzählen?"
Jolina wirft einen Seitenblick auf meine Mutter und nickt. „Doch, schon ...", beginnt sie zögernd.
Ausnahmsweise kapiert meine Mutter sofort und verschwindet endlich ohne einen weiteren Kommentar ins Badezimmer.
Jolina atmet tief durch. „Solche Scheißkerle!", beginnt sie und dann heult sie erst mal los. Ausgiebig. Mindestens so lange, wie sie geduscht hat.
„Sag schon", hake ich vorsichtig nach. „Ich habe dich mit Samuel gesehen ..."
„Ja, da war aber nichts. Wir haben ein bisschen geflirtet und geküsst, aber mehr nicht. Dann sind wir wieder in die Küche gegangen und haben noch mal was getrunken." Jolina rollt sich ein Stück Papier von der Küchenrolle und schnäuzt geräuschvoll hinein. „Irgendwann später habe ich mich allein in sein Zimmer verzogen und auf sein Bett gelegt, weil ich so müde war. Vom Alkohol", fügt sie seufzend hinzu. „Ich war total blau, dieser Wodka ... deswegen wollte ich mich ausruhen. Und dann ..." Sie schüttelt sich. „Dann kamen diese Kerle rein und fingen an, mich zu befummeln."
„Wie, dich zu befummeln? Welche Kerle?" Erstaunt gucke ich sie an. „Und du hast dich nicht gewehrt?"
„Das hört sich jetzt total beknackt an", sagt Jolina leise, „aber ich konnte nicht."
„Du konntest nicht?" Vor lauter Entsetzen springe ich vom Stuhl. „Jetzt sag nicht, du warst zu besoffen dazu?"
Statt einer Antwort nickt Jolina nur. „Die haben mir nicht wehgetan oder so. Es ist nur ... Ich weiß nicht mehr, was wirklich

passiert ist." Sie verzieht mit einem verunglückten Grinsen ihren Mund. „Immerhin hatte ich beim Aufwachen noch meine Unterhose an."

„Du weißt nicht, was passiert ist?" Ich tippe mir empört an die Stirn. „Sie haben vielleicht mehr als nur rumgefummelt und du hast von all dem nichts mitbekommen?!" Ich fasse es nicht. Wie gestört muss Jolina eigentlich sein?

„Ich weiß ja ... ich fühle mich auch total ... dreckig und besudelt", heult Jolina wieder los.

Kopfschüttelnd stehe ich daneben und weiß nicht, was ich tun soll. Jolina eine Moralpredigt der Gardinenextraklasse halten oder sie einfach nur trösten, weil sie totalen Mist gebaut hat? Was, wenn die Kerle wirklich in ihr drin waren? Dann müssten wir sie eigentlich anzeigen ... Warum musste sie sich so zudröhnen, dass sie nicht mehr in der Lage war, Nein zu sagen. Denn dann wäre das alles garantiert nicht passiert.

Keiner darf dich gegen dein Willen anfassen, unter dein Shirt grabschen, dich fortwährend berühren oder nachschauen, „ob du auch richtig entwickelt bist". Du allein weißt, was dir gefällt, und wenn du komische Gefühle dabei hast, sage klar und deutlich „Lass das!" oder „Nein, ich möchte das nicht". Verlasse sofort den Raum, rufe laut oder hole jemanden zur Hilfe! Wehr dich, lass dir nichts gefallen!

- Dein Körper gehört dir!!!
- Sexuelle Übergriffe gegen deinen Willen sind kein Geheimnis wert, sondern brutale Gewalt, gegen die du dich wehren darfst und musst.
- Du brauchst auf niemanden Rücksicht nehmen – auch nicht auf

deine Mutter, die sehr verletzt sein wird, wenn sie hört, was zum Beispiel ihr Bruder dir angetan hat. Auf dich hat ja auch niemand Rücksicht genommen!

- Lass dich weder erpressen noch unter Druck setzen.
- Selbstbewusstsein und eine selbstsichere Ausstrahlung machen es möglichen Angreifern schwerer.
- Gehe nie allein mit jemandem nach Hause mit, den du nicht kennst.
- Erzähle jemandem davon; alleine kannst du dich nur schwer schützen.
- Scheue dich nicht, professionelle Hilfe in Anspruch zu nehmen, etwa bei dem Verein Wildwasser oder bei pro familia.

Wende dich an die Frauennotrufnummer in deiner Stadt oder an N.I.N.A. (Netzwerk zu sexueller Gewalt an Mädchen), Tel. 0 18 05-12 34 65

Dennoch: **Du trägst die Verantwortung für dich selbst, niemand sonst.** Du hast die Möglichkeit, deinen Teil dazu beizutragen, dich zu schützen!

- Sorge dafür, dass du immer in der Lage bist, dich zu wehren, und dass es erst gar nicht so weit kommen kann!
- Signalisiere deutlich, wo deine Grenzen sind!
- Sage laut Nein und meine es auch so!
- Gehe rechtzeitig auf Distanz, wenn du ein komisches Gefühl hast.
- **Achte dich und deinen Körper, dann tun es auch andere.**

Eine Weile stehe ich hilflos neben ihr. Gut, dass dieser Samuel demnächst auszieht und seine feinen Freunde mitnimmt, denke ich, dennoch werde ich Kleo sicherheitshalber mal warnen.

Auch wenn ich dich wegen etwas ganz anderem warnen sollte, liebe Kleo!

„Mach dir keinen Kopf, Sina, so schlimm ist es nun auch wieder nicht“, meint Jolina jetzt und steht auf. Sie guckt mir in die Augen. „Und hör auf, ständig nachzugrübeln, du solltest dich viel mehr auf deine Gefühle verlassen.“

„Wie meinst du denn das?“, hake ich nach.

„Na ja, dieser Carlos hat es dir ja wohl voll angetan, oder?“, grinst sie mit ihren verheulten Augen und rempelt mich an die Schulter, fast schon wieder die vertraute versaute Jolina. „Kannst du mir bis morgen ein paar Klamotten leihen? In meine kriegen mich jetzt keine zehn Pferde mehr.“

Dankbar für das Stichwort, führe ich sie in mein Zimmer, wo ich ihr ein frisches Shirt samt Unterhose und Jeans verpasse.

Mehr auf meine Gefühle verlassen.

Jolina ist keine fünf Minuten weg, da klingelt es schon wieder Sturm. Diesmal ist es Kleo.

„Ist eure Küche schon wieder versifft“, entflutscht es mir, „oder was treibt dich am frühen Sonntagmorgen zu mir?“

„Was ist denn mit dir los? Hast du schlecht geträumt oder was?“ Kleo schiebt sich einfach an mir vorbei und latscht Richtung Terrasse, wo sie sich mit verschränkten Armen hinterm Kopf in Mamas Rollliege lümmelt. „Wo warst du denn plötzlich, ging es dir nicht gut? Ich muss dir unbedingt was erzählen.“

Ich dir auch, denke ich, je eher, desto besser. „Schieß los“, höre ich mich stattdessen sagen. „Du strahlst ja bis über beide Ohren.“

„Stimmt!“, sagt Kleo und grinst. „Carlos und ich haben die ganze Nacht geredet ... er ist so ... er hat mich gefragt, ob ich nächste Woche mit ihm auf ein Konzert im *Cielo* gehe.“ Glücklich wie nie schaut sie mich an. „Und er hat gesagt, ich soll dich mitbringen, ist er nicht süß? Mann, bin ich froh, dass ich da nicht alleine hinmuss, du kommst doch mit, oder? Woher kennt ihr euch überhaupt?“ Kleo angelt nach der Gummibärchentüte auf dem Tisch. „Egal, ich glaube, er mag mich auch!“ Strahlend lässt sie nacheinander ein rotes, ein grünes und ein gelbes Gummibärchen in ihrem Mund verschwinden.

Kapiert die nicht oder tut sie nur so?

„Kleo, ich ...“

Nicht grübeln, Sina – machen!

Doch ich bringe es einfach nicht übers Herz.

Ich liebe Carlos.

Liebeslied

Die nächsten Tage sind die Hölle. Wirklich. Seit der Sache mit Yannis damals dachte ich, es kann nicht mehr schlimmer werden. Doch, es kann. Die Stunden in der Schule, wenn ich Seite an Seite mit Kleo im Unterricht sitze, sind besonders schlimm: Ständig malt sie Herzchen und Kringel und lauter Cs in ihr Heft oder flüstert mir zu, welches Lied Carlos heute Morgen unter der Dusche gesungen hat. Oder dass er ihr zum Frühstück Croissants mitgebracht und O-Saft eingeschenkt hat. Mir dreht es glatt den Magen um, ich weiß nicht, wie ich am Samstag mit ihr aufs Konzert soll. Immer, wenn ich versuche, mit Kleo über Carlos zu reden, stört uns jemand oder sie lenkt vom Thema ab, inzwischen habe ich es aufgegeben. Wie soll ich es ihr auch erklären? Und wer sagt denn überhaupt, dass Carlos *mich* sehen will? Am Ende ist er total in Kleo verliebt – er wird sie ja nicht ohne Grund zu einem Konzert eingeladen haben. Dabei könnte er das mit ihr ja auch anders haben, schließlich ist er der *boy next door.* Als ich bei Milli mein Herz ausschütten

will, ernte ich nur Spott. Mit der ist zurzeit echt nicht gut Kirschen essen! „Geh halt hin und frag ihn, dann hast du Gewissheit", sagt Milli schulterzuckend. „Du bist doch sonst immer für die gerade Linie. Und was Kleo betrifft: Du musst ihr unbedingt die Wahrheit sagen, wenn sie noch mal hinten runterfällt, dann hungert sie sich wirklich noch zu Tode." Die Bemerkung ist voll fies, schließlich kann ich nichts für Kleos magersüchtiges Verhalten.
Ausgerechnet Friederike hört mir geduldig zu, die ganze verkorkste Geschichte von unserer ersten Begegnung auf dem Weihnachtsmarkt damals, das verpatzte Treffen am Weiher bis hin zu der Tatsache, dass der Typ, in den ich verknallt bin wie noch nie in meinem Leben, bei meiner besten Freundin in der WG wohnt und ich nicht weiß, wie ich ihr die Wahrheit sagen soll, weil sie selbst in ihn verliebt ist. Zart streicht sie mir über den Rücken und erzählt mir dann zum Trost (?!), wie sie selbst einmal unglücklich in ein Mädchen verliebt war, von dem sie dachte, es wäre auch lesbisch.
„Jetzt warte doch erst mal das Konzert ab, bevor du Kleo verrückt machst", meint Julia lässig, die ich nur telefonisch erreiche, weil sie nach ihrem Megarausch eine Woche Hausarrest hat. „Er muss sich schließlich für eine von euch entscheiden, nicht du." Sagt Julia, die Yannis die Entscheidung zwischen mir und ihr zielsicher abgenommen hat.
Und so mache ich es dann auch. Mit zitternden Knien stehe ich am Samstagabend mit meinem Rucksack vor Kleos Haustür, mir ist hundeelend zumute. Meine Eltern haben erlaubt, dass ich heute in der WG übernachte, weil sie selbst auf einem Herbert-Grönemeyer-Konzert sind und mich später nicht abholen können. Tausend Versprechungen musste ich machen:

keinen Alkohol, keine fremden Kerle, keine Drogen. Ehrlich gesagt: Ich wünschte, ich müsste heute Nacht nicht mit Carlos unter einem Dach schlafen, egal, was passiert.

„Hey, Sina, was ist denn mit dir los?", wundert sich Kleo, als sie mir die Tür aufmacht. „Geht es dir nicht gut? Wollen wir lieber hierbleiben?"

Die Gute! Da würde sie das Date mit ihrem Schwarm glatt absagen, um mich zu pflegen.

„Schon okay", beeile ich mich zu sagen, „ich habe nur Stress mit meiner Mutter." Was glatt gelogen ist, zurzeit verstehen wir uns nämlich so gut wie lange nicht mehr.

„Na dann ... Wir sollen schon mal vorgehen, Carlos kommt später nach, hat er ausrichten lassen." Sie mustert mich besorgt von oben bis unten, sagt aber nichts weiter zu meinem desolaten Zustand und versucht stattdessen, mich mit Schminksachen und Klamotten aufzuheitern. „Soll ich Schwarz, Schwarz oder Schwarz anziehen?", fragt sie und zeigt mir ihre Sammlung Emily-Shirts. Kichernd probieren wir alle durch, bis sie ein pink-schwarz gestreiftes herausfischt und für mich ein schwarzes Neckholder-Top mit Silber-Aufdruck. So kommt es, dass wir eine Stunde später total aufgehübscht vorm *Cielo* stehen. Von Carlos fehlt immer jedoch jede Spur, dafür entdecke ich Bill, der mir ein „apselut geil!" entgegenprostet und seinem Freund zärtlich den Popo tätschelt.

„Wo er nur steckt?", wundert sich Kleo und knabbert an ihren Fingernägeln, die sie vorhin extra noch *Midnight Black* gepinselt hat.

Der Typ hat wohl Talent, Herzen zu brechen und
immer wieder abzutauchen ...

Vierzig Minuten später weiß ich dann, warum: Carlos spielt in der Band, die heute Abend ihren Auftritt hat. Das war seine Überraschung für uns! Klar, er hat ja damals auf dem Weihnachtsmarkt in der Pommesbude gejobbt, um sich eine neue E-Gitarre kaufen zu können! Und am Mikrofon singt niemand anderes als Alicia Alizadeh, ich fasse es nicht! In diesem Moment rempelt mir Kleo begeistert ihren Ellenbogen in die Seite, jetzt hat sie Carlos auch entdeckt. Applaus tobt los, die ersten Takte erklingen und bald rockt das ganze *Cielo.* Kleo hat sich bis nach vorne gedrängelt und klatscht begeistert mit, während ich mich stockesteckesteif an eine Säule lehne.

Carlos, wie er konzentriert die Saiten spielt.

Carlos, wie er auf jede Bewegung, jede Geste der Sängerin achtet.

Carlos, wie er jetzt den Kopf hebt und sich suchend umblickt.

MICH, durchfährt es mich plötzlich heiß, er sucht MICH.
Nicht Kleo, die ihm in der ersten Reihe fast zu Füßen liegt.
Er hat mich genauso wenig vergessen wie ich ihn. Mit einem
Mal fühle ich mich leicht und gut, plötzlich weiß ich sicher,
dass ich Carlos – nachher, später, irgendwann – noch küssen
werde. Und vielleicht auch mehr ...

Plötzlich habe ich es nicht eilig, ihn wiederzusehen, ich fühle ja diese Gewissheit und trotzdem habe ich wahnsinnige Sehnsucht nach ihm.

„Carlos“, wummert mein Herz so laut wie der Bass vorne,
„Carlos, Carlos, Carlos.“

Das *Cielo* tobt, alle rufen nach „Zugabe", als die Band nach einer Stunde von der Bühne geht.

„Super, oder?" Kleo kommt zu mir, um einen Schluck Cola zu trinken, sie ist total verschwitzt, sieht aber irre glücklich aus und strahlt mich an.

Dann taucht plötzlich Carlos auf, alleine, mit einer Akustik-Gitarre, setzt sich einfach auf einen Hocker und beginnt zu spielen. Arm in Arm hören Kleo und ich ihm gebannt zu.

Hey there Delilah
What's it like in New York City?
I'm a thousand miles away
But girl, tonight you look so pretty
Yes you do
Time Square can't shine as bright as you
I swear it's true ...

„Ist er nicht toll?", wispert Kleo in mein Ohr. „Auch wenn der Song nur gecovert ist ..."

Ich merke, wie sie mich von der Seite anstarrt. Schweiß rinnt mir in Strömen vom Gesicht. Oder sind es meine Tränen?

„Oh nein, Sina ... bitte nicht ..." Ruckartig macht sie sich von mir los.

Ich merke es nicht.

Hey there Delilah
Don't you worry about the distance
I'm right there if you get lonely
Give this song another listen
Close your eyes
Listen to my voice, it's my disguise
I'm by your side ...

„Ja, er ist toll", flüstere ich leise. „Das wollte ich dir die ganze Zeit über schon sagen."
In diesem Moment schaut Carlos zu uns herüber.

Die ganze Nacht über liegen Kleo und ich nebeneinander auf ihrer Matratze und reden. Über Carlos. Woher ich ihn kenne und wie ich damals so unglücklich in ihn verliebt war. Warum Kleo das damals nicht mitbekommen hat, weil sie so sehr mit ihrem Zwieback- und Apfelnagen beschäftigt war. Und zum ersten Mal erzählt mir Kleo, wie einsam sie sich zu jener Zeit gefühlt hat, als ich nur mit meinem Knutschfleck von Yannis beschäftigt war. Welchen Stress sie mit ihrer Mutter zu Hause hatte und dass diese Essenskiste das Einzige war, um sich überhaupt noch fühlen zu können und Aufmerksamkeit von ihrem Vater zu bekommen. Mühsam kann ich ihr folgen, denn ich fühle mit Haut und Haar nur eins: Ich bin verliebt, verliebt wie noch nie in meinem Leben! Carlos hat uns vorhin im *Cielo* noch ein Bier spendiert. Dabei hat er mich aus seinen schwarzen Augen die ganze Zeit über ganz zärtlich angesehen, zurückhaltend, aber es war uns allen klar: Das mit Kleo und ihm wird nichts. Aber anstatt mir eine Szene zu machen, hat Kleo frei und fröhlich alles Mögliche geplaudert und erzählt und sich überhaupt nichts anmerken lassen. Erst auf dem Nachhauseweg, als Carlos wie selbstverständlich einfach nach meiner Hand gegriffen hat, wurde sie immer stiller.

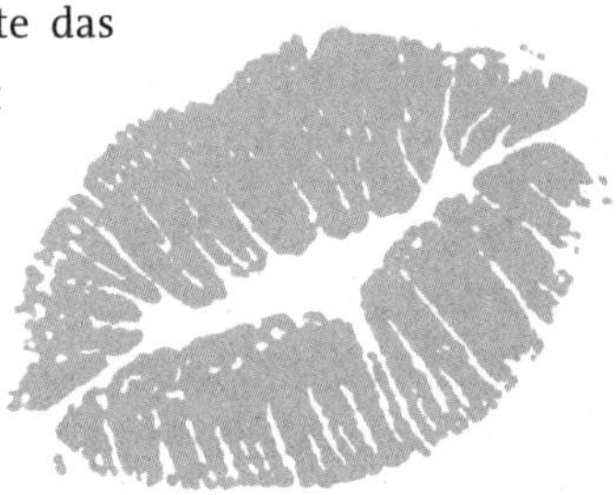

Ich habe dich vermisst, haben sich unsere Hände erzählt, und einfach gegenseitig ihre Wärme gespürt. Ein sanfter Druck hat mir beim Abschied versprochen, dass wir uns morgen wiedersehen. Morgen und nicht erst wieder in zwei Jahren.

„Ich habe mit Sina noch etwas zu besprechen", hat Kleo oben energisch gesagt und mich in ihr Zimmer geschoben. „Morgen ist auch noch ein Tag."
Ich habe mich ein bisschen dämlich gefühlt dabei, Carlos einfach so, ohne Tschüss und Kuss stehen zu lassen. Aber das bin ich meiner allerbesten Kleo schuldig, denke ich mit einer großen Sehnsucht im Bauch, immerhin hat sie mich indirekt wieder mit ihm zusammengebracht.
„Eigentlich bin ich total sauer auf dich", flüstert sie jetzt leise und ich höre, dass ihre Stimme zittert. Ich spüre, wie sie sich neben mir in der Dunkelheit aufrichtet. „Immer verdirbst du mir alles. Erst Yannis ..."
„Was? Yannis? Du warst in Yannis verknallt? Ich dachte, du stehst auf Sebastian!" Ich setze mich ebenfalls auf. „Sag bloß!"
Kleo seufzt. „Ja, schon lange ... aber er hat sich immer nur abwechselnd für dich oder Julia interessiert, nie für mich, egal, was ich getan habe. Und jetzt Carlos. Dabei war ich mir sicher, dass er mich auch mag."
„Sorry" ist alles, was ich herausbringe. Wie soll ich ihr auch erklären, warum sich jemand in jemanden verliebt? Ich weiß es ja selbst nicht!

Warum sich zwei Menschen ineinander verlieben, warum sich zwei Menschen irgendwann entlieben – keiner weiß es genau. Dennoch gibt es ein paar (wenn auch sehr biologistische) Erklärungsversuche. „Gegensätze ziehen sich an“, heißt es und in der Tat suchen sich Frauen instinktiv einen männlichen Partner, der ein anderes Immunsystem besitzt als sie: Auf unseren Zellen „sitzen“ Eiweißstoffe des Immunsystems sozusagen als Erkennungsfähnchen, die regelmäßig erneuert und über den Schweiß ausgeschieden werden – und das kann die Nase des potentiellen Partners riechen! Schließlich suchen wir als Frau die bestmögliche Immunabwehr für unseren Nachwuchs, und je breiter das Immunsystem gefächert ist, desto besser.

Es heißt aber auch „gleich und gleich gesellt sich gerne“ und in der Tat ist es so, dass die Beziehung eines Paares von Erfolg gekrönt ist, wenn sich ihre Erbanlagen gleichen, was Frauen instinktiv in den Gesichtszügen ihres Partners entdecken. Probiere es mal aus: Mache Gesichtsfotos von dir und deinem Freund, schneide sie längs in zwei Hälften und lege zwei zu einem neuen Gesicht zusammen. Was fällt dir auf?

„Hey, Süße, natürlich mag er dich“, sage ich dann und ziehe meine Freundin dicht an mich. „Du bist so klasse ...“

„Aber dich liebt er, das habe ich sofort gemerkt. Letzten Samstagabend schon, da wusste ich bereits, dass ich keine Chance bei ihm habe.“ Sie drückt mich fest. „Auch wenn ich die ganze Zeit versucht habe, das Gefühl zu verdrängen.“ Sie lächelt tapfer. „Du bist auch klasse und ich hab dich einfach lieb, das ist schon okay“, flüstert sie in mein Ohr und ihr Atem kitzelt mich dabei.

„Heißt das, du bist mir nicht böse?“, frage ich sie.

„Nein“, sagt Kleo und ich höre an ihrer Stimme, dass sie es wirklich ernst meint. „Klar bin ich superenttäuscht, aber bei eurem Anblick ... wie könnte ich da sauer sein.“

Ein freudiges Zucken in meinem Bauch. Im umgekehrten Fall wäre ich sicher nicht so großzügig, das weiß ich. Ich spüre förmlich, wie Kleo versonnen lächelt. Und ich merke tief im Herzen: Ich habe meine beste Freundin echt furchtbar lieb ...

„Zur Entschädigung musst du mir jetzt noch etwas vorlesen", erklärt sie und knipst die Nachttischlampe an. „Hier, Nick & Norah, Soundtrack einer Nacht." Sie hält mir einen fetten Schmöker hin, der bereits total zerfleddert aussieht. Ich kenne das Buch, es handelt von einem Mädchen, das in einem magischen Moment der großen Liebe ihres Lebens begegnet. Und von einem Typen, der die besten Soundtracks mixt: *www.nickandnorah.com*. Kenne ich doch von irgendwoher, denke ich grinsend und muss an Paul denken.

„Willst du wirklich, dass ich *das* lese?", wundere ich mich.

„Das ist so romantisch", seufzt Kleo und knüllt sich ein Kissen zurecht. „So romantisch können du und Carlos gar nicht sein."

Wie auch, denke ich am nächsten Morgen enttäuscht, wenn er nicht da ist! Als ich in aller Frühe und in der geheimen Hoffnung, ihn zu sehen, in die Küche schleiche, steht da bereits eine leer gefutterte Müslischale. Leise tapse ich durch den Flur, um in sein Zimmer zu spicken, aber die Tür steht weit offen. Carlos ist weg. Wieder einmal.

„Wenn du Carlos suchst, der ist um diese Uhrzeit Zeitungen austragen!" Kleo steht mit ihren kurzen verwuschelten Haaren plötzlich hinter mir. „Keine Ahnung, wann der wiederkommt ..."

Plötzlich sind alle guten Gefühle in mir wieder verschwunden. Traurig gehe ich unter die Dusche, rufe danach wie abgemacht meine Eltern an, dass es mir gut geht und ich erst zum Mittagessen nach Hause komme. Dabei fühle ich mich so beschissen und traurig wie noch nie in meinem Leben.

Er hätte ja mal einen Zettel hinterlassen können. Fragen, wann wir uns wiedersehen. Ich halte dieses Hin und Her nicht mehr aus, das ist schlimmer als mit Yannis damals.

„Carlos ist so", kommentiert Helen später beim Frühstück lässig die Situation. „Besser, du gewöhnst dich gleich dran und erwartest nicht zu viel." Krachend beißt sie in ein Brötchen.
„Hört sich an, als hättest du Erfahrung ...", rutscht es mir raus. Ich habe einen fetten Kloß im Hals und bringe keinen Bissen von dem leckeren Hörnchen runter, das vor mir auf dem Teller liegt.
Helen zuckt mit den Schultern. „Wie man's nimmt. Carlos ist ein supercooler, netter, supersüßer Typ. Nur leider auch superunzuverlässig."
Ihre Worte gehen mir den restlichen Tag nicht mehr aus dem Kopf. Wie kann einer, der regelmäßig und in aller Herrgottsfrühe jobben geht, so unzuverlässig sein? Was macht Carlos sonst, wenn er nicht gerade in der Band spielt und seine Zuhörer verzaubert? Wie in Trance verdöse ich den Sonntagnachmittag, schreibe sinnloses Zeug in meinen Blog, hänge auf der Liege in der Sonne ab und spüre immer wieder diese Freudenzucker, wenn ich an Carlos' warme Hand denke, die mich den ganzen langen Heimweg geführt hat. Immerhin habe ich mich so gut im Griff, dass ich nicht pausenlos in der WG anrufe, um nach Carlos zu fragen, auch wenn ich das Handy ständig mit mir rumtrage und mindestens hundert Mal checke, ob ich auch ja keine SMS verpasst habe.

Ausgerechnet, als ich mich nach dem Abendessen ganz früh zum Schlafengehen mit Bollerhose und meinem ollen Hello-Kitty-Schlafshirt in mein Zimmer zurückziehen will, erhalte ich eine Antwort.

Hey there Delilah
I know times are getting hard
But just believe me, girl
Someday I'll pay the bills with this guitar
We'll have it good
We'll have the life we knew we would
My word is good ...

„Was ist das denn für ein Spinner da draußen?", ruft mein Vater empört aus dem Wohnzimmer, der gerade seinen heiß geliebten Tatort eingeschaltet hat. „Gehört der etwa zu dir?"

JAAA, der gehört zu mir, jubeljauchze ich und flitze, so wie ich bin, einfach nach draußen, wo Carlos im schwarzen Hemd und seiner Gitarre auf dem Mäuerchen sitzt und mich einfach angrinst.

„Hey", sage ich leise.

„Hey", sagt er und steht auf. Und dann küsst er mich einfach. Mitten in unserer spießigen Reihenhaussiedlung, wo jeder jeden kennt.

Vor den Augen Leons, der mit einer fetten Schürfwunde vom Skaten kommt.

Vor den Augen meiner verblüfften Mutter, die gerade von Stefanies Prosecco-Event zur Gartentür hereinschwingt.

Vor den Augen eines grimmig dreinblickenden Yannis, der eine grinsende Julia zu ihrem Fahrrad begleitet.

Und ich küsse ihn einfach zurück und fühle mich im siebten Himmel. Als ob es immer schon so hätte sein müssen.

Im Altertum kannte man sieben Himmelssphären – auch Sieben Himmel genannt. Jede Sphäre wurde jeweils durch einen Planeten (auch Mond und Sonne galten als Planeten bzw. „Wanderer") und dessen Planetenbahn repräsentiert. Der letzte noch sichtbare Planet war damals der Saturn – der Hüter der Schwelle. Dort endete die materielle Welt und es kam nur noch die unsichtbare geistige Welt, die Welt der Fantasie, Wünsche, Träume und Ideen. Und genau da schweben Verliebte ja noch heute ...

Es lebe die Liebe, ich bin ja so schrecklich-schwer-gar-sehr verliebt! Das mit Carlos ist ganz anders als mit Yannis. Mal abgesehen davon, dass er ganz anders küsst und sich komplett anders anfühlt, ist das mit ihm viel aufregender und spannender. Und das hat weniger etwas mit seinem durchtrainierten Körper zu tun, sondern zum einen damit, dass ich nie weiß, wann ich ihn wiedersehe.

Wenn du verliebt bist, bist du regelrecht „high“ vor lauter guten Gefühlen, lebst wie im Rausch, brauchst nichts zu essen, kannst kaum schlafen, bist hoch motiviert. Schuld daran ist der Ausnahmezustand deines Hormonhaushalts, dein Körper befindet sich im Stress! Nur leider verschwinden die Verliebtheits-Symptome wieder nach einer Weile (der beste Körper hält das nicht auf Dauer aus!). Aber: Stress-Kicks können die Liebe frisch halten, muss ja nicht gleich Freeclimbing sein ...

Carlos jobbt, wann immer sich die Gelegenheit dazu bietet, um sein Studium zu finanzieren, Umwelttechnik. Den Studienplatz hat er bereits, nur fehlt ihm die Kohle. „Meine Eltern sind nicht so wie deine“, hat er nur knapp geantwortet, als ich ihn danach gefragt habe, und damit war das Thema Eltern für ihn erledigt.

Das passt total klasse:
Endlich kenne ich jemanden, der so ist wie ich,
ich meine, gefühlvoll und technisch interessiert zugleich,
jemand, der genau wie ich stundenlang über
die Unendlichkeit der Zahlen diskutieren kann,
sich wie ich für die Marsmission interessiert – und jemand,
der mit mir gemeinsam einfach nur Musik hört,
spontan barfuß über die Wiese rennt oder nachts
nackt im Schwimmbad schwimmen geht.

Mit Yannis war ich immer nur im Eiscafé oder wir haben gelangweilt in seinem Zimmer herumgehangen, weil wir nicht wussten, was wir reden sollten. Mit Carlos ist das anders, Carlos hängt mir nicht ständig auf der Pelle und fummelt an mir rum, er ist einfach immer nur da – wenn er da ist. Ganz nah und ganz warm, mit vollem Herzen, mit ganz viel Gefühl. Mit ihm ist es nie langweilig, immer passiert etwas anderes: Oft liegen wir in seinem Bett, küssen und spüren uns, lernen uns langsam kennen, das ist sehr aufregend und plötzlich ist für mich dieser ganze Sexkram nicht mehr so wichtig, weil ich spüre: Wir haben Zeit.

Okay, als ich ihn das erste Mal nackt gesehen habe, war es schon seltsam, er sieht halt anders aus als Yannis.

Carlos und ich waren gemeinsam in einer Ausstellung für Neue Computertechnologie und haben uns stundenlang für diesen Pflegeroboter begeistert, auch wenn wir es beide dämlich fanden, dass so eine Maschine einen Mensch ersetzen soll. Wir haben für den Eine-Welt-Laden Flyer kopiert und verteilt und uns in der Fußgängerzone gegen die Brandrodung im Amazonasgebiet starkgemacht. Manchmal radeln wir an den Main, fahren mit unsren Rädern so lange am Ufer entlang, bis wir einen passenden Picknickplatz für uns gefunden haben, sonnig, versteckt, mit viel warmem Sand für die Füße, Hauptsache seine alte karierte Decke hat Platz. Faul und dösig liegen wir dann in der Sonne, küssen uns oder auch nicht, das ist so was von entspannt.

„Das wäre der ideale Ort, um einen Song zu schreiben“, meint Carlos jetzt versonnen und greift nach meiner Hand. „Weißt du, seit ich dich kenne, habe ich bereits hundert Stück in der Schublade!“

Hey there Delilah
I've got so much left to say
If every simple song I wrote to you
Would take your breath away
I'd write it all
Even more in love with me you'd fall
We'd have it all ...

Zärtlich wuschele ich ihm durch seine Haare, eine Geste, die ich einfach nicht lassen kann, sie fühlen sich so weich an.

„Du machst mich ganz verrückt", flüstert er rau und zieht mich jetzt fest in seine Arme. „Ich kann mich gar nicht mehr konzentrieren, weil ich immer nur an dich denken muss."

Überwältigt von so vielen Gefühlen, die da in uns sind, versinken wir ineinander, küssen uns, als wäre es heute das erste Mal und nicht das tausendste seit unserem Wiedersehen. Und Carlos ist ein ausgesprochen guter Küsser ... Den ganzen Nachmittag verbringen wir dann immer so auf der Picknickdecke, küssend, träumend, uns gegenseitig spürend, die Sonne auf unseren warmen Körpern, das allein haut uns schon um und macht uns zu den glücklichsten Menschen aller Zeiten. Manchmal reden wir auch die ganze Zeit nur, es ist, als würde ich Carlos schon immer kennen. Wir erzählen uns gegenseitig von unseren Freundinnen und Freunden, von unseren Träumen und Sehnsüchten, von Frust und Ärger in der Schule oder im Job, entwickeln die kühnsten Erfindungen, die die Menschheit vor dem Klimatod retten sollen, und träumen davon, wie wir in den nächsten Sommerferien gemeinsam mit dem Van durch Spanien fahren werden, schließlich lebt die Familie seines Vaters dort.

Mama guckt mich nach solchen Treffen mit Carlos immer ganz seltsam an, ihr ist es nicht geheuer, dass ich jetzt einen zwei Jahre älteren Freund habe, der in einer WG wohnt und permanent sturmfreie Bude hat. Aber da kann sie ganz locker sein: Bevor ich mit Carlos schlafe, will ich ihn erst mal besser kennenlernen. Und ihm scheint es genauso zu gehen, sonst hätte er doch längst schon mal eine Anspielung in diese Richtung gemacht oder mich bei unseren Dates entsprechend befummelt.

Wenn es etwas „Ernstes" ist, warten die meisten Mädchen, bis sie mit ihrem Freund ins Bett gehen. Und nicht nur die Mädchen. Aber überlege, ob du dir solche Beziehungs-Bauernregeln antust wie „Kein Sex vor der dritten Verabredung, wenn daraus mehr werden soll". Oder: „Auf schnellen Sex folgt meist das schnelle Ende." Nicht jeder Typ, der beim ersten Date Sex hat, ist ein Aufreißer. Und nicht jedes Mädchen, die dies tut, eine Schlampe. Gehe lustvoll und selbstbewusst und vor allem selbstbestimmt mit deiner Sexualität um!

Carlos bringt mir immer irgendwelche kleinen Geschenke mit, das finde ich total süß, dabei hat er ja gar nicht so viel Geld. Julia ist immer ganz neidisch, wenn ich in der Pause erzähle, dass er mir wieder eine Playlist gebrannt oder mir eine aus dem Stadtpark „organisierte" Rose geschenkt hat, weil Yannis außer schnarchlangweilige Ringe schenken diesbezüglich ja leider so gar nichts auf der Pfanne hat. Kleo freut sich dann immer mit mir, die Gute, sie spürt genau, dass das zwischen Carlos und mir etwas Großes, Besonderes ist, und Jolina pfeift nur anerkennend durch die Zähne. Logisch, trotz der vielen

Nummern, die sie schiebt – das große Gefühlslos hat sie noch nicht gezogen. Friederike strahlt auch über ihr ganzes Gesicht, wenn sie mich mit Carlos vor der Schule trifft. Neulich hat sie uns beide ins Mädchencafé eingeladen, damit wir endlich mal Mathilda kennenlernen.

Einzig Milli gönnt mir meine neue Liebe nicht, aus irgendeinem Grund zieht sie ständig über meinen „Musiker" her: findet seine wuscheligen Haare ungepflegt, seine Lieder schmachtfetzig, seine Art abtörnend, erzählt was von dubiosen Geschäften und dass er so flatterig wäre. Keine Ahnung, was sie hat, Carlos hat halt seinen eigenen südländischen Stil und ist eher so der Surfertyp, schließlich ist er Halbspanier, aber er ist voll in Ordnung, finde ich. Er hat mit seinen Jobs viel zu tun, aber ich kann mich hundertpro auf ihn verlassen, und wenn wir uns verabredet haben, hat er mich bisher noch nie versetzt.

„Lass sie, sie ist nur neidisch", meint Jolina, die seit dem Fiasko neulich ganz sittsam lebt. „Genieße deine Zeit mit ihm, wenn der erst mal Umwelttechnik studiert, hast du nicht mehr so viel von ihm."

Mir ist das letztendlich alles egal, meine Gefühle zu Carlos sind so groß und so stark, das kann nur Liebe sein. Und so beflügelt und froh wie in den letzten Wochen war ich noch nie in meinem ganzen Leben, weder mit Yannis noch nach unserer gewonnenen Basketballkreismeisterschaft. Plötzlich habe ich keinen Stress mehr, plötzlich schreibe ich sogar in der Französischklausur eine Drei.

Es lebe die Liebe!!!

Doch daran denke ich noch nicht, jetzt stehen erst mal die Sommerferien vor der Tür und ich werde Carlos drei Wochen lang nicht sehen, weil ich mit Tante Irene und Onkel Ösi nach Spanien an die Costa de la Luz fahren darf. Ausgerechnet! Spanien ohne Carlos. Denn der bleibt hier, weil er seinen Zivildienst in einem Altersheim antreten muss.

Drei Wochen ohne Carlos, das überlebe ich nicht.

Hoffentlich vergisst er mich nicht, hoffentlich liebt er mich dann immer noch.

Am Abend vor meiner Abreise liegen wir eng aneinandergekuschelt in seinem Bett. Unzählige Windlichter flackern, das Flügelfenster ist weit offen und die laue Sommerluft weht über unsere verknäulten Körper.

„Ich habe dich nie gefragt, warum du damals nicht gekommen bist", flüstert Carlos leise und fährt mit seinem Finger mein Schlüsselbein entlang. Vorsichtig pult er dabei die Träger meines Tops von meinen Schultern. „Ich habe Ewigkeiten auf dich gewartet. Immer wieder." Seine warmen Hände wandern weiter meinen Körper hinunter.

Was soll ich jetzt sagen? Ich kann ihm doch unmöglich erklären, dass meine Eltern mir verboten hatten, alleine in den Wald zu gehen. Und dass sie mir am liebsten jetzt auch verbieten würden, einen Musiker-Freund zu haben, der sein Geld mit diversen Jobs verdient. Statt einer Antwort küsse ich ihn einfach nur ganz intensiv, es ist, als ob mein ganzer Körper küsst.

„Ich liebe, liebe, liebe dich", sagt Carlos leise, feine Küsse auf meine Haut hauchend, überall ... „Ist Grün okay?" Sanft schiebt er sich auf mich, streichelt mich zärtlich, während er in seiner Nachttischschublade herumkramt.

„Ich liebe dich auch“, flüstere ich und schaue ihm in die Augen, seine wunderschönen schwarzen Augen, die eine völlig verliebte Sina spiegeln. Unsere Gesichter sind sich ganz nah. So tief habe ich noch nie gefühlt. So tief habe ich noch nie jemanden an mich herangelassen.

A thousand miles seems pretty far
But they've got planes and trains and cars
I'd walk to you if I had no other way
Our friends would all make fun of us
and we'll just laugh along because we know
That none of them have felt this way ...

Ich liege glücklich in Carlos’ Armen, völlig in mich versunken spüre ich seinen Körper an meinem, den Atem in meinem Nacken, seine Hände ruhen auf meinem Bauch. Ich fühle nur Liebe.

Triff Sina auf **www.sinasblog.de**

Ilona Einwohlt

Mein Pickel und ich

Als Sina eines Tages ihren ersten Pickel entdeckt, ahnt sie das Schlimmste: P wie Pubertät ist angesagt! Und es kommt bald noch übler. Nach den Pickeln tauchen auch die ersten Busenknubbel auf und die Periode kündigt sich an! P wie Panik? Keine Spur! Mit viel Witz erzählt Sina von ihrem hormonverwirbelten Leben und von den kleinen und großen Katastrophen in dieser spannenden Zeit.

208 Seiten • Arena Taschenbuch
ISBN 978-3-401-50443-8
www.arena-verlag.de

Die Schule und ich

Schule nervt!, findet Sina, und zwar gewaltig. Vokabeln pauken, öde Schullektüre, Referate halten. Das ist Horror hoch zehn! Die Klassenfahrt ist noch okay, aber Mobbing, scheußliches Essen in der Schulmensa und ein unfairer Lehrer nicht – jetzt hat Sina endgültig die Nase voll: Sie lässt sich zur Klassensprecherin wählen und kämpft für Gerechtigkeit, unter dem Motto: »Das Beste an der Schule, das sind wir!«

Arena

216 Seiten • Arena Taschenbuch
ISBN 978-3-401-50444-5
www.sinasblog.de
Auch als Hörbuch bei Arena audio

Ilona Einwohlt

Meine Clique und ich

Sina möchte unbedingt dazugehören zu der Clique der Edlen. Aber muss sie auch Designer-Klamotten tragen? Vorglühen, bevor es auf eine Party geht? Und was für bunte Pillen soll sie da nehmen? Sinas Begeisterung für die Clique schlägt in beklemmende Ratlosigkeit um. Aber auch bei ihren alten Freundinnen Milli, Julia und Kleo findet sie kein offenes Ohr – die haben ihre ganz eigenen Probleme …

256 Seiten • Arena Taschenbuch
ISBN 978-3-401-50447-6
www.arena-verlag.de

Mein Schutzengel und ich

Sina will leben. Das Leben genießen. Und das kann sie glücklicherweise auch, denn sie hat einen schweren Fahrradunfall überlebt. Ihr kreisen nun tausend Fragen durch den Kopf, die sich alle um die Themen Religion, Sinn des Lebens und Schutzengel drehen und denen Sina auf den Grund gehen will. Am Ende ist es eine wundersame Begegnung, die ihr ganzes Leben verändert …

Arena

216 Seiten • Arena Taschenbuch
ISBN 978-3-401-50448-3
www.sinasblog.de

Ilona Einwohlt

Sinas Liebeslexikon

222 Dinge über Liebe, Sex und dich

Baggern, Kerzenlicht und Liebeswahn? Hier erfährst du von A bis Z alles, was du schon immer zum Thema Liebe, Sex und Zärtlichkeit wissen wolltest. Echte Infos ohne Blatt vorm Mund und ganz ohne Rotwerden.

Arena

200 Seiten • Klappenbroschur
ISBN 978-3-401-06625-7
www.arena-verlag.de

Weitere Bücher von Ilona Einwohlt
im Arena Verlag:

Mädchenratgeber

Lucy ohne Jana. Freundinnen-Stress – und jetzt?(Band 06666)
Goldmarie online. Im Internetfieber – und jetzt? (Band 06684)

HerzSchmerzZeiten und ich (Band 06867)
AllerBesteFreundinnenZeiten und ich (Band 06912)

Mein Leben und ich – Sinas Frage-Tagebuch (Band 06711)
Miss Chrismas und ich – Sinas Adventskalender-Geschichten (Band 06742)
Sinas Liebeslexikon – 222 Dinge über Liebe, Sex und dich (Band 06625)

Schmetterlingsflügel für dich! Das Coachingbuch für starke und selbstbewusste Mädchen (Band 2390)
Wellenreiterin. Das Mädchen-Coachingbuch für den Start ins Leben (Band 2383)

Mädchenromane

Drillingsküsse. Wen lieb ich und wenn ja, wie viele? (Band 50512)
Eine Freundin ist besser als gar keine Schwester (Band 50457)

In der Reihe „*Follow your Heart – Du entscheidest, was passiert!*“:
Zicken, Zoff und Herzgeflüster (Band 2837)
Dicke Freundschaft, fette Party (Band 2839)
Voll verliebt auf Klassenfahrt (Band 2840)
Zickenzank (Band 2841)
Glückspilz, Loser, Klassenstar (Band 2833)

Weitere Informationen unter www.arena-verlag.de oder
www.ilonaeinwohlt.de sowie www.sinasblog.de.